爱丽儿

Ariel

José Enrique Rodó

[乌拉圭]何塞·恩里克·罗多 著　于施洋 译

上海人民出版社

拉美思想译丛

顾问名单

国内学者（按姓氏拼音排序）

陈众议 戴锦华 刘健芝 索 飒 汪 晖 赵振江

海外学者（按名字首字母排序）

Gesine Müller	Gustavo Esteva Figueroa	Héctor Hoyos
Ignacio López-Calvo	João Pedro Stedile	Karina Batthyány
Maria Montt Strabucchi	Mariano Siskind	Paulo Nakatani
Walter D. Mignolo		

何塞·恩里克·罗多

José Enrique Rodó, 1871—1917

LA VIDA NUEVA
III.

ARIEL,

POR

JOSÉ ENRIQUE RODÓ

MONTEVIDEO.
IMPRENTA DE DORNALECHE Y REYES.
Calle 18 de Julio, núms. 77 y 79

1900

1900 年《爱丽儿》初版封面

丛书总序

一

长久以来，当我们说起外国哲学、思想或理论时，大家一般想到的都是欧陆或英美的巨匠与杰作，但一问及第三世界的，比如拉美和非洲的思想史，大家几乎一无所知。每年国内翻译出版的外国理论著作不计其数，但还是译自西方发达国家的占绝对多数。自20世纪六七十年代以来，中国社科院拉美所、复旦大学历史系拉美研究室、南开大学拉美史研究室等中国最早的拉美研究专门机构译介了一批介绍拉美历史、地理、革命思想的著作，专题文选（比如复旦大学拉美研究室的"拉美问题译丛"），以及一些研究拉美的专著。这些书不仅奠定了中国拉美研究的文献基础，而且直到今天仍经常出现在国内拉美研究学者和学生的参考文献中。八九十年代，虽然随着加西亚·马尔克斯获得诺贝尔文学奖，"拉美"再次成为从学界到大众的阅读热点，但这股热潮却局限于文学领域。各种拉美文学译丛，各种加西亚·马尔克斯、博尔赫斯等拉美文学大师的文集以及传记、访谈、论著的出版几乎未有中断。新世纪以来，随着与拉美的经贸往来愈来愈频繁，国内各种与拉美相关的科研机构如雨后春笋般兴起，编译出版了不少拉美政治、经济方面的著作。但整体而言，涉及拉美哲学思想、批判理论的译介还是相当稀少。

这其中也有一些例外。比如苏振兴、毛金里、白凤森等老师翻译的普雷维什、何塞·马蒂、何塞·马里亚特吉以及依附理论，徐世澄老师主持的一系列追踪拉美左翼思想和社会主义理论的译介和研究成果，为我们展现了拉美思想中的闪光之处；索飒老师的《丰饶的苦难——拉丁美洲笔记》《拉丁美洲思想史述略》《把我的心染棕：潜入美洲》等论著为我们打开了瞭望拉美批判思想的一扇窗，赵振江老师对拉美诗歌经年不懈的译介和研究中包含了很多思想史的内容，因为很多拉美诗人同时就是思想家，索尔·胡安娜、奥克塔维奥·帕斯（如《孤独的迷宫》）都是著名的例子。此外，汪晖、刘健芝、索飒等几位老师一起组织翻译、人民文学出版社出版的"猫头鹰学术译丛"中，爱德华多·加莱亚诺、弗朗索瓦·浩达、海因兹·迪德里齐等拉美当代著名思想者和社会运动领袖的代表作在中文世界中集体亮相。值得一提的还有戴锦华老师对切·格瓦拉研究、对萨帕塔运动（Zapatista）的译介，也是填补国内思想界视野的贡献。在实践层面，刘健芝老师组织、主办，温铁军、戴锦华、汪晖等老师积极参与并协办的"南南论坛"（South South Forum，即至 2020 年已为第七届会议），每届都会邀请众多拉美知识分子、社会运动人士与会，有效地开敞并拓宽了国内知识界与拉美批判知识分子的交流与对话渠道。

　　这些译介和研究成果虽然如久旱甘霖，但还是有些单薄。更加全面、系统的译介工作亟待展开，这样才能满足日益壮大的西语专业的教学需求，逐渐为国内拉美思想研究构建较为完整的知识谱系，为知识界提供更多的拉美参照与拉美思考，以便我们检视历史、探寻多元化的未来。这是我们组织策划这个译丛的初衷。

二

　　然而，知易行难。与"拉美无思想/思想家"的常识性偏见恰恰相反，"在大西洋的这一边，哲学思想也有着长长的海岸线"，这是当代著名拉美哲学史家爱德华多·门迭塔（Eduardo Mendieta）在《拉丁美洲哲学》[1] 一书导论中的描述。拉美思想／哲学有着极其丰富的美索美洲和前哥伦布时期多元的源头，有着漫长的积累和发展历史，而且几乎覆盖了哲学研究、文艺思潮、政治经济乃至社会运动等各个领域。

更为复杂的是，甚至拉美思想／拉美哲学／拉美理论这类名称背后与其说有固定的内涵和外延，不如说它们从来未能真正划定自身的疆域。借用斯特恩（Alexander V.Stehn）的话，什么是拉美哲学，取决于我们对拉美的理解，也取决于我们对哲学的理解。无论是何塞·马里亚特吉，还是莱奥波多·塞亚（Leopoldo Zea），再到当代的苏珊娜·努切泰利（Susana Nuccetelli），20 世纪的拉美思想史研究就是众多理解冲突与纷争的场域——"拉美有自己的思想或哲学吗""拉美思想是哲学吗""拉美思想先于拉美存在吗""拉美思想有原创性吗"……《斯坦福哲学百科》将争论的焦点概括为"存在、认同、特征、原创性以及真实性"（existence, identity, characteristics,

---

1　Eduardo Mendieta. *Latin American Philosophy: Currents, Issues, Debates*, Indiana University Press, 2003.

originality, and authenticity）。这些持不同立场的学者们被分为三到四种流派：一是普遍主义者（universalist），他们坚决拒绝拉丁美洲哲学的概念，因为哲学是关于普世性的议题的，偶然性和地理性并不应该纳入思考。二是文化主义者（culturalist），他们肯定拉丁美洲哲学的存在，因为哲学并非科学，所有哲学思想都是在一定的历史文化语境中带有立场与视角的阐释。没有普遍的哲学，否认哲学的时空性就是自欺欺人。三是批判主义（critical approach），他们认为不可能有拉美哲学或拉美思想，由于殖民主义和新帝国主义的历史包袱，拉美思想中必然携带着欧洲哲学的印迹。还有人提出了族裔的观点（ethnic approach），认为拉美哲学就是拉美各民族人民产生的思想，统一的拉美哲学可能不存在，但不能否定拉美不同人民的思想贡献。

当然"思想"一词的范畴更为广泛，不仅指哲学思想。但仅以"拉美哲学"难以自明为例，就可以想见论证"拉美思想"将会跌入多么深的泥淖。作为译者，我们无意从上述立场中选择位置，也不想卷入"什么是 / 不是拉丁美洲""什么是思想""谁是拉美思想家"诸如此类问题的论争之中，我们更希望自己扮演的是传介者，而不是决策者。我们通过翻译让问题和讨论呈现，尽量避免先入为主的判断带来的遮蔽。比如我们不直接回答"什么是拉美思想的拉美性",但我们可以通过译介诸如瓦尔特·米尼奥罗(Walter D.Mignolo)等人的著述来展现对"拉丁美洲"这一知识谱系背后的地缘政治性的反思。无论欧美学术界是否关注"拉美思想",无论拉美思想界内部如何激辩传统、自我批判,思想的火焰在拉美大陆从未熄灭过。从前哥伦布时期、殖民时期、独立时期、民族主义时期直到当代(20世纪至今),拉美思想史也呈现出丰富的地层和多样的特征。由于前哥伦布时期的著述零散且有些版本考证尚无定论,殖民时期的思想成果又主要是来自伊比利亚半岛的哲学家或中世纪神学家的信徒们(当然索尔·胡安娜和拉斯·卡萨斯除外),所以译丛的译介重点放在19世纪民族解放与文化独立思潮中的经典著作以及20世纪从"创始者一代"为首的六代思想家("一五年一代""三零年一代""四零年一代""解放哲学""八零年一代",这是拉美哲学思想史的主流分期方式)的最具代表性的成果。近三十年的核心文献则通过编译读本的方式予以呈现。

三

　　总之,选目择篇是一个反复推敲、论证甚至争论的过程。从 2018 年 1 月我们在北京大学举办译丛启动仪式，在两年多的时间里，我们都在跟学术顾问委员会征求意见，不断修订译丛书目。为了避免我们在书目选择上立场先行，我们尽可能广泛吸取建议。我们邀请的学术顾问不仅包括国内对拉美思想学术译介有筚路蓝缕之功的前辈们，还有西班牙、美国、德国、墨西哥、阿根廷、智利等国重要的拉美研究学者。与此同时，我们还参考了阿根廷"拉美社科理事会拉美思想丛书"、委内瑞拉"阿亚库乔文丛"、杜克大学出版社"拉美国别读本丛书：历史、文化、政治"、得克萨斯大学出版社"泛美研究丛书"等国际拉美学术界公认的经典丛书的书目。总之是希望译丛尽量保持多元性和开放性，不设学科限制——无论哲学、思想、理论、批评还是社会改造经验等；不设地域限制——无论拉美本土论述还是异域关于拉美的研究；不设主义限制——解放神学、原住民主义、民族主义、马克思主义等，但会侧重译介对帝国主义、资本主义、全球化进行批判与反思的理论与实践经验。

我们计划每年出版 3—5 种，希望能持之以恒。虽然因为疫情及其他因素影响，接洽版权、出版印刷等流程会慢一些，不过我们的翻译、编辑工作没有停歇过。所以，译丛的第一批书目终于要陆续问世了。

"拉美思想译丛"这个雄心勃勃的项目能够顺利展开，得益于中公教育集团、上海人民出版社、光启书局、华南师范大学微文化研究中心、北京大学电影与文化研究中心以及香港岭南大学文化研究系 Global University for Sustainability 项目的鼎力支持，在此一并致以谢意。

　　最后想说的是，关注和学习拉丁美洲思想的原因有很多，"只有顽固的意识形态盲目性和固执的地方主义"（爱德华多·门迭塔语）才能使我们对其活力与创造力视而不见。所以，"拉美思想译丛"不是一个单纯的翻译项目，我们期待的是更多不局限于西方视野的朋友们也能热情参与；我们希望能通过新书发布、专题讲座、工作坊、研讨会等多种方式吸引更广泛的关注；希望继 20 世纪 80 年代的"拉美文学热"之后，国内能掀起"拉美思想热"，从而为思考当下的全球危机吸收别样的思想营养。

滕威

2020 年 6 月 18 日

于广州石牌

目　录

导　读

　　《爱丽儿》是乌拉圭作家何塞·恩里克·罗多出版于1900 年的杂文，甫一问世便得到广泛的讨论和认可，之后作为他最有名的作品，带着理想主义光辉激励了几代乌拉圭人和美洲人，直到现在还有多个出版社、电影奖、散文奖等以其命名。那么，罗多究竟是一个什么样的人，这本书又有什么特别之处？

I

　　1871 年 7 月 15 日，罗多出生于蒙得维的亚一个资产阶级、开明天主教家庭，母亲姓皮涅罗·利亚马斯（doña Rosario Piñeyro Llamas），出身于乌拉圭东岸自西班牙殖民时期便显赫的贵族，父亲罗多·哈内尔（don José Rodó Janer）是加泰罗尼亚人（"罗多"是塞法迪犹太人姓氏），经古巴而来，到罗多出生时已经在乌拉圭生活了三十年。[1]

18 个月、4 岁和 11 岁的罗多

罗多排行第七，4 岁跟随姐姐伊莎贝尔认字读书，对文学和历史显示出浓厚的兴趣。有趣的是，他不仅能够很快吸收阅读的内容，而且从小就很有讲述的欲望和传播的意识：在乌拉圭国家图书馆文学档案库，以及乌拉圭共和国大学信管系的"乌拉圭作家"网站，可以看到二十余份罗多编写的"童年小报"（diarios infantiles），其中最早的（可以清晰辨认）大约是 1881 年 2 月 2 日的"政治

1　Gustavo San Román：*José Enrique Rodó：la genealogía y el contexto familiar*，versión revisada y expandida de la primera edición（Montevideo：Biblioteca Nacional，Colección Archivo Rodó，2，2014），http://www.cervantesvirtual.com/obra-visor/jose-enrique-rodo-la-genealogia-y-el-contexto-familiar-937267/html/4d9f0c0e-cb03-4e5b-9878-364f0fabf571_1.html/marca/1828.

和文学报"《普拉塔》(*El Plata*),共两页,手绘了多个版块、字体、花纹,设计了订阅方式和价格,最重要的是,在引言里表示"善和公正是我们的最高目标",在致意里用连续的感叹号高呼"致敬!!团结!!繁荣!!"这时候,他还不到10岁,该仰着一张稚气而严肃的脸。

1881年2月2日《普拉塔》报第一期

更加有趣的是,虽然一般的介绍都会省略这个"幼稚"的阶段,或者最多简单提及罗多与同学编写的一份半月小报《最初的曙光》(*Los Primeros Albores*),如果仔细翻阅,可以看到他执笔介绍了富兰克林生平、纪念玻利瓦尔诞辰百年、摘编1856年厦门某商人被施以不许睡觉的"恐怖刑罚"、加拿大名字的由来、非洲植物奇闻，等等。虽然一条"因课业繁忙"取消科学版的敬告"暴露了年龄"，但整体来说，刚满 12 岁的罗多显然深具放眼世界的胸怀、启发民智的理想。尤其重要的是，他 1883年 3—6 月的小报都还全部是手抄，但大约 8 月初问世的《最初的曙光》已经变成了印刷版，四页的排版设计相当规范，而且在报头明确了社长、主管，罗多和贝雷塔（M. Beretta）为撰稿人，来自"埃尔维奥·费尔南德斯学校 C 班"。不难想见，罗多与同伴合作办报已经相当当真，不仅取得了一定的名气和认可，而且开始得到机构性

1883 年 8 月 6 日《最初的曙光》
报第二期（第一期首页缺失）

21 岁的罗多

的支持。由此反观，当时的乌拉圭社会享有比较开放、进步的思想和舆论氛围。

可惜的是，由于父亲做生意失败，又在他 14 岁的时候去世，家里经济条件开始恶化，他先是转入公立学校，后来直接从中学辍学，开始给书记员做助理，之后又担任了一些公职。

但如同许多"夜幕作家"一样，罗多成熟、敏感，不满足于日常浑浑噩噩的状态，保持着对生活、艺术、美学和道德的高度探测和深入思考，只在跟文人朋友的畅谈中，在个人的阅读和写作中才能感到平静。1895 年，他开始正式在报纸上发表诗歌、杂文，与朋友合办《国家文学与社会科学杂志》(*Revista Nacional de Literatura y Ciencias Sociales*，1895—1897)，陆续刊载文章《将要来的人》(*El que vendrá*，1896)、《新小说》(*La novela nueva*，1896)，尝试分析当时社会普遍焦虑、沉郁的原因，在世纪末的"救世主"期待中提供另一种精神寄托，倡导建立新的友爱、和谐、和平秩序。

1898 年，尽管学位不高，但因为作家、思想家的学力，他受聘蒙得维的亚大学（今乌拉圭共和国大学）教授西方文学。他还代理过国家图书馆馆长，但最重要的是，1900 年 2 月，《爱丽儿》出版了，向整个拉丁美洲包括西

班牙逐渐扩出涟漪，[1] 他的生活，年轻一代的生活，从此变
得不同。

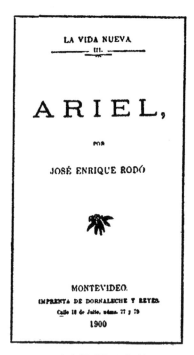

1900 年初版《爱丽儿》封面

1 Raffaele Cesana：*El papel de los Henríquez Ureña en la difusión de Ariel en
   República Dominicana*，*Cuba y México*（*1901—1908*），en *Latinoamérica*
   （México）2019/2：43—69；Gustavo San Román：*La recepción de Rodó en
   Cuba*，Texto ampliado de la ponencia dictada en noviembre de 2008 en La
   Habana，en ocasión del Congreso Cuatro Siglos de Literatura Cubana，y parte
   de un proyecto mayor sobre Rodó financiado por el Arts and Humanities Research
   Council de Gran Bretaña.

学而优则仕。罗多加入了乌拉圭红党（Partido Colorado），1902 年担任蒙得维的亚市议员，但很快于 1905 年辞职，因为"总感到难以承受的敌意"，一方面满腹文化上的抱负，一方面感到无法施展，尤其厌倦"议会"（parlamento）变成"聊会"（charlamento）。这不仅仅是他的一个文字游戏，其实也显示他缺乏有计划的、坚定的意志去对抗腐败、暴力和职业政客的诡辩。

实际上，那一时期的乌拉圭在红党首领、后来当选总统的何塞·巴特列-奥多涅斯[1]治下，取得了相当长足的进步，政治上政教分离、发展民主、改革宪法，经济上加强国家干预、国有化和民族工业发展，重视农业、提高农业技术，社会方面颁布一系列先进的劳动法案（实行八小时工作制、支持工人罢工、允许公立医院外科医生退休等），普及中学教育并推动各领域多层次教育的发展（如创建盲人学校）。[2]可以说，正是这一时期的社会发展让乌拉圭获得了"美洲瑞士"的类比——但罗多对这股潮流持审慎的态度，比如，打击外国资本使得英国对乌拉圭的

---

1 何塞·巴特列-奥多涅斯（José Batlle y Ordóñez, 1856—1929），乌拉圭政治家，1903—1907 年和 1911—1915 年任总统，在任期内进行了广泛而深刻的变革，推动了乌拉圭的现代化进程和社会转型，为国家的有序发展奠定了基础。

2 苏婧：《乌拉圭巴特列-奥多涅斯的改革研究》，北京语言大学出版社，2017 年。

控制减弱，却难道不是加深了对美国的依赖？[1]1906年，他发表了新作《自由主义和雅各宾主义》(*Liberalismo y Jacobismo*)，跟巴特列日渐疏远，尽管一年之后重回政坛，仍然出现一些精神上的抑郁症状，1908、1910年再度担任议员和此后的写作，如《海神普罗透斯变幻的动机》(*Motivos de Proteo*，1909)大量讨论人格的转变，志业、能力、意志和信仰，都是在以一种乐观主义的表象勉力对抗内心的悲观。

38 岁的罗多

1　弗朗西斯科·R. 平托斯：《巴特列与乌拉圭的历史发展进程》，辽宁大学外语系翻译组译，辽宁人民出版社，1974年，第196页。

也许可以说，比起在众人面前大放异彩、一呼百应，罗多更多地希望与世俗名利保持距离，就像《爱丽儿》中的导师，总愿将自己的教诲寄托在精灵的光环之下。1913年，他出版了另一部重要文集《普洛斯帕罗瞭望台》(*El mirador de Próspero*)，之后致力于总结和钻研"最重要的五个西语美洲人"，其中成文的包括鲁文·达里奥，[1]西蒙·玻利瓦尔，[2]胡安·蒙塔尔沃。[3]由于健康每况愈下，他向当时在阿根廷出版的杂志《面和面具》(*Caras y Caretas*)申请担任通讯记者，1916年7月14日出发欧游9个月，不断寄回他在西班牙、法国、意大利的见闻和交往（1918年结集出版[4]）。这个短短的时期内，尽管，或者也许正因为此前是坚定的"欧洲派"，罗多日渐流露出对西欧文明国家深深的失望，以及一战期间沉痛的悲怆

1　鲁文·达里奥（Félix Rubén García Sarmiento，1867—1916），尼加拉瓜诗人，开创了西班牙语文学中的现代主义，改变了原本以模仿欧洲文学为主的拉丁美洲文学，在20世纪西语文坛上产生了巨大影响，被称为"卡斯蒂利亚文学之宗匠"。

2　西蒙·玻利瓦尔（Simón Bolívar，1783—1830），拉丁美洲革命家、军事家、政治家、思想家，参与建立了拉丁美洲第一个独立国家联盟即大哥伦比亚，并于1819年至1830年任该国总统。

3　胡安·蒙塔尔沃（Juan Montalvo，1832—1889），厄瓜多尔作家，自由派政治家，曾在意大利和法国担任外交职务。

4　José Enrique Rodó: *El camino de Paros*, *Meditaciones y andanzas*, Valencia: Editorial Cervantes, 1918.

（"对英雄主义和光荣的恶心"）。[1]

1917 年 4 月初，罗多住进西西里岛巴勒莫一家豪华酒店，原本打算再前往巴黎，不料于 5 月 1 日上午病发去世，终年 45 岁。[2] 他的遗体三年后被带回祖国，葬于蒙得维的亚中央公墓先贤祠，位置在 19 世纪著名作家、外交部长胡安·卡洛斯·戈麦斯之下，正对乌拉圭民族英雄阿蒂加斯。[3]

II

词条式的介绍，似乎有些意犹未尽，大概人物勉强浮现，却没有纵深和判断。从文字看，《爱丽儿》跟我们的阅读距离也确实有点远：乌拉圭在地球上几乎是中国的对跖点，这本书的问世距今也已 120 年，此外，罗

1　José Pablo Drews：*Estampas desde las trincheras：José Enrique Rodó y su lectura de la Gran Guerra*，en *Thémata. Revista de Filosofía*，no. 48，julio-diciembre 2013，pp.135—142.

2　Fernando Loustaunau：*Diario de un demócrata moribundo*，Montevideo：Planeta，2006.

3　祁金城：《乌拉圭独立战争的领袖阿蒂加斯》，载《拉丁美洲丛刊》1982 年第 6 期。何塞·赫瓦西奥·阿蒂加斯（José Gervasio Artigas，1764—1850），乌拉圭独立运动领袖，1811 年领导独立战争。

多属于前现代最后一批文人作家，继承了西语美洲巴洛克式的风格，又在"杂文"（名词 ensayo，来自动词 ensayar，"试验、排练"）这种体裁中保留了推敲的过程而不是论文式的清晰结构，这就使他的文章语言相当华丽、几近矫饰，枝蔓出各种分句进行举例、补充、引证、讽刺、自我评价，正如卡洛斯·富恩特斯所谓"修辞的花饰"（florituras retóricas），或者说"花式修辞"（retórica florida），让人眼花缭乱。据说几乎每一位拉美学龄儿童都是读着《爱丽儿》的文章长大的，我却经常需要用尺子在巨大的长句中勾画主谓，在繁杂的段落里找中心思想，或者为一些抽象的表述寻找更实在的概念，以及重新学习他的引用对象，回想起来，步履蹒跚、笨嘴拙舌。[1]

但是，抛开表现形式不谈，文章的基本内容倒也不难把握：全文开始于一个神话般的庭院，一位年长的老师正在给学生，拉美青年，做最后的演讲；他的讲话可以分成六部分，根据罗多在给朋友马丁内斯·维吉尔（Daniel Martínez Vigil）那本赠书上手写的提要（也为后世某些版本所采纳），每节分别涉及：确认青年在社会中的地

1　在为 1988 年英译本作序的时候，富恩特斯称赞译者表达更加朴素节制，清除了罗多风格上的"冗余"和"疯狂"，激起不少反对的声音。笔者也赞同"说话的艺术"是罗多文化整合理念中的重要部分。

位，称许他们纯洁无瑕，拥有力量和优雅的气度；鼓励他们全面发展，在个人生活和集体生活中保存完整的人格；推崇美育，相信绝对的美感将帮助青年们分辨善恶、追求崇高。到第四部分，他开始转向民主问题，批判普遍的平等只能产生数量上的优势，平等主义将不可避免地导向功利和低俗，呼唤建立一个由哲人王统治的国家，以及由知识和高雅文化统领的层级结构。之后，他敏锐提出拉美不能对美国亦步亦趋，必须重视和维护自己的价值观和精神信仰体系，最后倡导超越物质繁荣、寻求精神生活的更大格局。

罗多起笔很大而逻辑并不十分严密，论点夸张跳脱，立场保守，暗含种族主义色彩，然而，从《爱丽儿》问世二十年里在美洲尤其是多米尼加共和国、古巴、墨西哥引起的广泛讨论和社会实践，到1941年9月14日智利大学生代表大会奉罗多为"美洲青年良师"，再到2018年《电子爱丽儿》[1]出版并获乌拉圭文化教育部国际杂文奖特别提名，对于一代又一代的拉美青年来说，这本小书似乎确有一种持续的吸引力，不致力于提出一套完整的解决方案，理念也过于古典和缥缈，但在那个沉闷、迷茫甚至盲目的时代扮演了"敲钟人"的角色，第一次让拉美的民族

1　Diego Canessa：*el Ariel digital*，Montevideo：Mastergraf，2018.

主义问题变得振聋发聩、贯古通今。读这本书，最主要的就是把握旖旎文风之后的精英派民族主义线索，其中的民族认同感一是建立于外国移民的融合进程，二是有感于美国的觊觎和声势，而右派保守立场主要可以通过爱丽儿—卡列班的互文序列进行了解。

凭借后殖民和去依附的当代理论资源问题，文中的历程和心情可以与现当代中国贯通：那是遭受帝国主义国家从经济政治到文化思想的入侵后，本国知识分子求新求变（或者说是一种求传统自我不变）的呼吁，充满预见，适应性至今半分未减。他在年轻人身上寄托了某种绝望—希望的胶着状态——他固然鼓励青年乐观，自己却是悲观主义的，有研究称其为"勇敢的悲观主义"——这对当下中国应该仍有参考的意义。

III

塞万提斯学院虚拟图书馆的罗多专区"生平"里，采用了著名西语文学研究者、罗多编著专家卡斯特罗·莫拉雷斯（Belén Castro Morales）的说法：他的一生框定在两个里程碑式的世界性事件之间，1871 年 7 月 15 日，当他出生在蒙得维的亚，法兰西第三共和国刚刚联合德国镇压了巴黎公社；1917 年 5 月 1 日，当他在西西里岛巴勒莫酒店去世，第一次世界大战尚未结束、俄国十月革命即将爆发。

这样的参照从时间看当然没错，也许也是对"常识"的"友好"，但相当欧洲中心主义——能不能尝试采取该国的第一人称视角呢？比如乌拉圭共和国大学社会科学部"乌拉圭当代历史"课程大纲介绍道：作为南美最小的国家之一，该国东北接巴西，西以乌拉圭河、拉普拉塔河与阿根廷为界，东南面大西洋，人口三百余万，首都一城独大；如同大部分拉美国家一样，其 19 世纪前 30 年相对动荡，不断挣脱西班牙、葡萄牙—巴西、布宜诺斯艾利斯中央集权派的控制，19 世纪 30—60 年代经历边疆界定和内部纷争，1860—1890 年间进行了第一次现代化尝试，其中 1875 年中右翼军人执政，局势逐渐稳定，1890 年胡利奥·埃雷拉-奥韦斯（Julio Herrera y Obes，1841—1912）当选总统，进一步巩固保守文官民主制度，到 1930 年左右基本实现城市化、工业化目标。

也就是说，罗多从出生到去世（1871—1917）这近半个世纪，恰恰是乌拉圭令人瞩目的现代化时期，积累了丰富的人文经验，也开始显现危机。

从独立运动时期开始，"何为乌拉圭"（uruguayidad）便是政治建设和公共舆论最重要的议题之一。一方面，当地原住民查鲁亚等部族原本数量不大，加上法国对"拉丁"美洲加速渗透，戈比诺、勒庞等人的种族主义大行其道，不少本土知识分子摇旗呐喊，将土著视为低等，将混血归为造成退化和衰落的主因，使灭绝土著运动成了正义。1832 年，贝尔纳韦·里维拉（Bernabé Rivera，1795—1832）的"文明化"运动达到血腥的高峰，经萨尔西普埃德斯战役，原住民几乎被新生的共和国部队屠杀殆尽，到 1850 年，血统纯粹的印第安人已不存在。此外，非洲裔在乌拉圭人口中占比不高，因为这里是天然畜牧的环境、没有太多劳动密集型产业，即使接纳了一些巴西废奴（1888 年）之前的逃逸黑人，其在 20 世纪 20 年代以前的主流文化中也几乎不见踪影。[1]

另一方面，作为西班牙建立直接管辖机构最晚、管理松散的一个地区，乌拉圭河东岸在独立后不久被迅速"填充"和"白化"：19 世纪 40 年代起，政府颁布多项移民政策，使人口从 1830 年的 7 万上升到 1900 年的 100 万。这百万人口中，三分之一都是在国外出生的，包括相当高

---

1 贺双荣编著：《列国志·乌拉圭》，社会科学文献出版社，2005 年，第 11—12、230 页。

比例的意大利人，还有大量西班牙人、法国人、瑞士人、希腊人等。许多移民通过港口运输、贸易和新兴的工业活动成为城市资产阶级，与外省大地产主之间形成矛盾，如激发1870年—1872年农村考迪罗[1]蒂莫泰奥·阿帕里西奥（Timoteo Aparicio，1814—1882）为首的"长矛叛乱"。与此同时，城市无产者也成长起来，1872年前后，无政府主义和社会主义思想开始流传，工会组织、工厂罢工、工人报纸随之兴盛。

显而易见，移民已经不是一个简单的人口流动问题，而成了重要的政治、经济、社会、文化问题。第一代移民，或者父母均为移民的第二代，是乌拉圭人吗？对此，"巴雷拉教育改革"发挥了重要作用。佩德罗·巴雷拉（José Pedro Varela，1845—1879）游历了法国、美国，深受雨果和阿根廷作家、政治家萨米恩托（Domingo Faustino Sarmiento，1811—1888）影响，20岁出头就创办报纸、创建师范学校和人民教育协会、出版《人民教育》《学校教育法》等，又参与起草《普及教育法》，向政府和民众阐述"国民教育"的思想，推动公立、免费、世俗化的学校教育。由此，新移民的欧洲原籍、宗教信仰等

1　考迪罗（Caudillo）：在西班牙语中通常指军政领袖或专政元首。

问题被淡化，形成比较宽容的社会环境，没有造成激烈的社会冲突。可以说，独立运动之后的大约半个世纪，乌拉圭的民族主义意识处于"休眠状态"，或说是一种发展缓慢、自由的民族主义。

但是，自19世纪80年代起，美国的膨胀开始引起多位知识分子的注意，激发了民族主义的进一步酝酿。美国最初专注于内部发展和西部扩张，借着1823年"门罗主义"逐渐试探对外控制和征服，在多米尼加共和国、古巴、委内瑞拉与英属圭亚那边界争端、哥伦比亚—巴拿马问题上到处插手，尤其在1898年美西战争中尝到甜头后，军事实力和野心被大大调动起来。此外，他们还擅长以巨额投资扩大文化、知识和意识形态影响，在普通拉美人眼中树立了良好、正面、值得赞誉和效仿的形象。

恰恰是在美国生活了十五年的何塞·马蒂,[1] 敏锐察觉了这一点。从1883年开始，马蒂便陆续发表《对我们美洲的尊重》《拉丁头脑》《美洲母亲》等文章，作为代表出席第一届泛美会议和后续多次货币会议后，又于1891年元旦发表《我们的美洲》，明确号召防范"外面的老虎"，

---

1 何塞·马蒂（José Martí，1853—1895）：古巴民族英雄、独立战争领袖、诗人。

不是衰落中的伊比利亚宗主国，而是欧洲新列强、是北面虎视眈眈的美国。马蒂的语言虽然诗意，态度却是坚定的，对于美国，要质疑、要视为威胁和对手，要采取经济和文化上的地方保护。

乌拉圭原本没有墨西哥那样"离上帝太远、离美国太近"的烦恼，也不像古巴被一再阻碍获得政治自由、经济形态和出口市场单一，但巴雷拉等人的自由主义教育改革追随美国教育体系，大力宣扬达尔文主义和斯宾塞社会进化论，广泛传播对科学的新信仰，使热衷追求物质财富的功利主义、实证主义在该国知识界成为主导思想，使科学和技术方面的培训成为公共教育的第一要义，人文主义被边缘化。短暂的成就感之后，倦怠来了。

罗多亲历了这些社会实验，成了自由主义教育改革初步的成果，也是反叛或者说真正的成果。他并不是严格意义上的哲学家，但他感受到一种使命，要超越实证主义的狭隘，引入新的思想方法。他接受了新唯灵论和伯格森主义，主张精神作为世界的本原，抑制对社会物质财富的渴望，呼吁去庸俗化，保留理想主义；他批判艺术欣赏能力的缺失，称这样的文化残缺而空洞，这样的品位低俗而哗众取宠，这样的文学及其思想水准已经堕落，道德观念也日益腐朽。他批评新崛起的工商阶级和为他们服务的功利主义信徒，想用文化和文学的精英替代工商业精英治理国家。

异质强化了本质，不仅是乌拉圭一国的本质，而且是一个地区的本质。罗多熟悉玻利瓦尔的"美洲主义"（americanismo）理想，很少单论乌拉圭而愿多提"美洲"，不断强调"拉丁"美洲与"盎格鲁-撒克逊"美洲的对比和分野。自由派知识分子美化美国文化、竭力模仿美国宪法和政治实践，但个人主义、平等主义、民主信念及其基本哲学假设在拉美并没有根基，罗多就把"洋基"和"狂热"两个词合在一起称呼他们。那么，与拉美的背景、历史和价值体系更为契合的思想体系是什么？目之所及，原住民太"野"、东方太远，可以利用的文化资源仍然只有欧洲。需要注意的是，一些论者在罗多身上所看到的"西语主义"（hispanismo）需要在特定条件中理解，其并不局限于西班牙——感情上的某种怀想终究无法改变政治经济制度的孱弱现状——而更多是指西班牙语和西国文化所带来的古典主义，包括希腊罗马传统、《圣经》和中世纪基督教伦理，以及大革命百年以来的法国哲学思想。

罗多的目的只有一个：将拉美从"泛美"的迷梦中摇醒，正视从北方逼近的物化和量化风潮，不要在被出卖、被吞吃之余还沾沾自喜，或者其实根本就不要追随这场疯狂的游戏。拉美要抵御影响、免受威胁，必须坚持理想，强调艺术，完善道德，无惧抗争。他认为最重要的是为未来而活，因此主要面向年轻一代拉美人，激励他们把时间拉远、把格局放大。

幸运的是，罗多不是一个人。《爱丽儿》出版并迅速再版的 1900 年前后，一批年龄相仿、从教育改革中成长起来的知识分子进入公共说理的舞台，对走向现代化的乌拉圭社会进行更好的思想启蒙。与西班牙的"98 年一代"遥相呼应，乌拉圭文学和思想史界非常意大利式地将其称为"900 年一代"（la generación del novecientos），将他们继承的局面视为"现代主义"（modernismo）。

一般认为，西语美洲的现代主义承自何塞·马蒂的独立精神，以鲁文·达里奥为最重要的标杆，尤其因为达里奥 1893—1898 年底都在布宜诺斯艾利斯，所担任的哥伦比亚驻阿根廷领事衔几乎是一个荣誉闲职，给了他极大的时间和经济自由，连续出版《异人们》（*Los Raros*，1896）和震动文坛的《世俗的圣歌和一些其他的诗》（*Prosas profanas y otros poemas*，1896），迅速影响到拉普拉塔河东岸。

罗多本人确曾对现代主义"表忠心"（出于跟达里奥的交往，或是一种阶段性认识？），比如他的评论被达里奥收入《世俗的圣歌》第二版序言："我也是一个现代主义者，我全心全意地属于这个伟大的流派；它体现了19世纪末期思想演变的特征和意义；我属于这个流派，它起源于文学上的自然主义和哲学上的实证主义，在保持它们生命力的同时，引导它们向更高的境界转化"。

不过，罗多的现代主义，跟马蒂和达里奥的现代主义并不能画上等号，20世纪七八十年代活跃在美国的乌拉圭学者、耶鲁大学拉丁美洲当代文学教授罗德里格斯·莫内加尔（Emir Rodríguez Monegal，1921—1985）即持此看法。他属于后继的"45年一代"，也许恰恰因为这样的称号而更加敏感于代际的问题，40年代末在剑桥大学进修时，就撰写了一篇讨论"900年一代"的经典论文，从西班牙哲学家奥尔特加·伊·加塞特的"同时人"与"同龄人"之理论区分出发，给"900年一代"贴出九个标签，其中最重要的要数"代际经验"：他们作为出生在1868—1886年间的同龄人，与现代主义先锋们享有"同时"但已经产生差异，继承了追求新美学的焦虑，仅此而已。为此，我们可以想想同为"现代主义者"的基罗加（Horacio Quiroga，1878—1937）和德尔米拉·阿古斯蒂妮（Delmira Agustini，1886—1914），一个笔下是不再祥和的大森林、总与人类发生冲突的大自然，一个书写感性、情欲，直至饱受争议、被丈夫杀害。应该可以说，这一代现代主义者已经坦然呈现了向内转、接纳不和谐的现代性。

以罗多为代表的乌拉圭"900年一代"作家知识分子，归根结底是民族国家成型之后的积极浪漫派，回避达里奥式的颓废、避世——后来，在回顾《爱丽儿》出版十年的一封书信中，罗多直言"达里奥式现代主义缺乏思想"——在诗歌中尝试象征主义，在长篇小说和戏剧中练习自然主义和心理主导，在哲学上平衡实证主义和理想主义，在社会学上关注社会主义和无政府主义，各自探索爱国主义的、天主教仁爱的、历史现实主义的、发明传统的表达。他们积极试探作家和人的主观性、文本的自主性、写作的艺术地位；他们面临的最大挑战，是在国家小、出版社少、阅读人群有限等文化生活的诸多局促之中，求得一个空间，获得一批受众，抵挡社会对灵性、闲适的敌意和追逼，不让经典文化被来势汹汹的大众文化所取代。对此，"象牙塔"里的诗人、前总统的侄子胡利奥·埃雷拉-雷西格（Julio Herrera y Reissig，1875—1910）在推广他的半月刊《杂志》（*La Revista*，这个本质主义的刊名也很说明问题）时做了形象的诠释："这些虚弱轻浮的日子，不存在什么文学中心，只忙着建足球俱乐部，不看头脑的胜利，只看双脚的胜利。"

IV

"爱丽儿"是一个名字，但在中文语境里认知度不高，比如 1967 年英国市场上出现的世界上第一款加酶洗衣粉、至今宝洁公司旗下著名的清洁品牌 Ariel，90 年代进入中国的时候被翻译成了"碧浪"；而 1989 年一部迪斯尼动画电影和之后系列动画的主人公也叫这个名字，但中文一般直接叫她"小美人鱼"。实际上，这个名字出于一个漫长的文本序列，以其为题莫不体现了罗多的自诩和追求。

"爱丽儿"这个单词，一般认为最早出现在《圣经·以赛亚书》第二十九章开头，是大卫王居住的城市的名字，不过罗多拿来命名，应该是对莎士比亚的致敬，出自莎翁去世前最后一部独立完成的作品《暴风雨》。该剧讲述被篡位的米兰公爵普洛斯帕罗逃到神秘小岛上继续醉心学问和魔法，偶然等到机会制造风暴并复仇。剧中，爱丽儿是一个无影无形但被巫婆卡在松树里的空气精灵，被普洛斯帕罗解救，只好听从他的指挥；由于能调动世界上各种元素、锁定时间改写历史，他成了主人复仇的先锋和执行者。这个形象原本并不占据主位，精灵虽然看似超验，却不像出于对善和公正的追求，多次讨价还价又被威逼利诱，自由受到沉重的桎梏。后来，爱丽儿也曾被歌德借用到《浮士德》中。

可以看到，罗多与莎士比亚的爱丽儿不仅间隔了将近四百年，形象上也有很大差异，实际上，他更加直接的来源是勒南[1]和鲁文·达里奥笔下的卡列班。卡列班也是莎翁《暴风雨》中的人物，是巫婆的儿子，丑陋畸形、野性不改，被教会了"人类"的语言但"不知感恩"，为普洛斯帕罗做工但满心怨念，还一度想要侵犯魔法师不谙世事的女儿米兰达。1878年，勒南发表了哲学剧本《卡列班：暴风雨之后》，将卡列班设定为工人，在工人运动中战胜了贵族普洛斯帕罗，让精英的爱丽儿消失不见。注意：勒南是支持君主制、反对民主化的，所以他投射出的卡列班是狂热的革命者，酗酒、无知、追求眼前利益和权力，而

1　欧内斯特·勒南（Ernest Renan，1823—1892），法国研究中东古代语言文明的专家、哲学家、作家，以有关早期基督教及其政治理论的历史著作而著名，曾与奥古斯特·孔德相识。

普洛斯帕罗和协助者爱丽儿进一步成为贵族权利、人文主义（拉丁语、书籍）和更高精神追求的代表。

几年之后，达里奥在《异人们》中继承了波德莱尔对爱伦·坡的追溯，认为坡的个人悲剧在于天纵才华遭到扼杀，因其周围环境麻木、敌意："卡列班统治着曼哈顿岛，统治着旧金山、波士顿、华盛顿，统治全国，建立起物质统治的王国，跟爱迪生神秘结盟，在光怪陆离的芝加哥城对粗俗奉若神明。卡列班以威士忌为乐，就像在莎士比亚剧中以葡萄酒为乐，他生长、膨胀，不再是任何一个普洛斯帕罗的奴隶，也不受任何空气精灵的欺侮，只变得肥硕，不断繁殖。"不仅如此，他还将两者进行直接的关联，第一次给爱丽儿赋形："坡，如同一个变成人的爱丽儿，在一个奇异谜题的摇荡中度过了一生。他生在一个实用、物质的国度，但环境产生了反作用，一个工于算计的地方冒出瑰丽的想象。"

罗多非常关注勒南，更不用说时常碰面的达里奥，看过他们的卡列班寓意肖像画之后，他心里的爱丽儿也呼之欲出了："翅膀张开，衣袂飘飘，身体被光的爱抚镶上金边；宽阔的额头抬起，从容的微笑中嘴唇微翕，一切都表现出昂然宣示起飞的态度。"我们在罗多档案里发现了一些略显凌乱的构思图，无论发型、胡须，每一个侧脸都想重点突出"目光如炬",因为他把爱丽儿放到了一个更宽泛的意义,不代表爱伦·坡那样的个体,而代表美洲青年,代表理想和理性的原型。

"形象的酝酿"(La gesta de la forma)系列之一

　　还需要注意的是,虽然我们一直在谈论"爱丽儿",这其实只是作品的标题、依托的"灵光"、讲述的对象,全书的声音都是从普洛斯帕罗发出:他从魔法师转变成了智者导师的形象,给说理增加了某种虚构的可读性;他选择了教学的形式,采取柏拉图和福音书式的对话(手稿中最初设计过信札),用引语不留痕迹地开具书目,尽可能选择不同历史和文化形态中的故事,启发寻找人类发展更本质性的模式和动力机制。

总而言之，罗多在爱丽儿—卡列班—普洛斯帕罗三者之间挑选打磨，灌注了许多自己的理想和期待。他的激情和理想主义确实触发了大量的社会反响，不过，他的对话人很明显是有天赋、受过良好教育、最好具有卓越才能的精英，他为秩序、等级、自上而下的统治结构和威权辩护，只字不提原住民和黑人，仿佛任其闭锁在社会底层。换句话说，罗多的理想社会结构还处在早期的准中世纪社会，引领或追随，每个人安于天命。

V

1900 年 2 月，罗多自费 162 比索出版了《爱丽儿》，首次印刷 700 册。此后大约二十年间，《爱丽儿》在西语世界的知识分子中间引起了激烈的反响，这个过程部分得益于罗多很早就开始有策略地建立一个"同行评议"网络，其方式是赠阅和书信往来，跟西班牙、多米尼加共和国、古巴、波多黎各、哥斯达黎加、墨西哥、秘鲁、玻利维亚、厄瓜多尔、委内瑞拉和阿根廷多国知识分子笔谈。

《爱丽儿》跟西班牙的关系比较微妙。西语美洲各国虽然已经取得政治上的独立，但文化出版事业仍在起步中，心理上也仍渴望寻求"母国"的认可，因此《爱丽儿》刚刚落地就登上了跨大西洋的定期邮轮。6月间，西班牙已经有四位作家在书讯书评中作出反应，尤其以乌纳穆诺[1]和克拉林[2]的态度为风向，认为这部作品不仅克服了陈腐衰败的现代主义，而且在日渐物质化的生活中重新张大古典的"闲适"概念，另外在社会进化论甚嚣尘上的时候，提出用团结有机的民主来保护弱者。几位作者都鼓励不知名的乌拉圭年轻作家，不过，胡安·巴雷拉（Juan Valera）的一个观点委婉但贴切：罗多在一个"进步"还没有到来的国家大谈不要进步，是否有点过于理想化了？

《爱丽儿》从多米尼加共和国迅速传播到古巴、墨西哥，恩里克斯·乌雷尼亚（los Henríquez Ureña）两兄弟功不可没。他们出生在加勒比海上的岛国，父母分别是医生 / 政治家、诗人 / 教师，成长过程中经历和参与了"师范运动"，因为1880年第一所师范学校在当地建成，社会上存在着以世俗、理性方法教育下一代，健全人格、重建道德社会、建设独立和现代化美洲的思潮。他们在家中

---

1 米盖尔·德·乌纳穆诺（Miguel de Unamuno，1864—1936），西班牙著名作家、哲学家，"98年一代"代表作家。
2 原名莱奥波尔多·阿拉斯（Leopoldo Alas，1852—1901），西班牙小说家、文艺评论家。

读书会（被称为"龚古尔兄妹们"，分享过邓南遮、托尔斯泰、易卜生等人作品）接触到罗多这本小书之后，立刻建议《文学杂志》(*Revista Literaria*)刊载，并于1901年推出了《爱丽儿》在乌拉圭以外的第一版，拉开了爱丽儿主义在美洲大陆传播的序幕。

1904年，移居古巴的两兄弟眼见"美西战争"之后的哈瓦那和圣地亚哥知识分子苦苦寻找方向，年底向罗多寻求授权，1905年1—4月将本书作为《文学古巴》(*Cuba Literaria*)增刊进行了出版。1910年，他们重回古巴，又推动建立了哈瓦那讲习社，开幕活动就是解读《爱丽儿》。

1906年，恩里克斯·乌雷尼亚一家迁居墨西哥，引领了新一轮的介绍。墨西哥也在1867年通过大学教育将实证主义树为绝对真理，半个世纪下来，不仅难以接受新的哲学、文化潮流，也视人文知识为无用、不合时宜，这反而激起新一代年轻人对"另一条道路"的寻找。通过文学杂志和讲习社初步了解后，阿方索·雷耶斯[1]说服了在新莱昂做州长的父亲，印制500册《爱丽儿》，1908年5月在蒙特雷进行了免费发放，成为乌拉圭之外的第三个

1　阿方索·雷耶斯（Alfonso Reyes，1889—1959），墨西哥作家、哲人、外交家。

版本。不久，国立预科学校的校长、一位思想体系已经比较成熟的实证主义者，又资助了一个版本，对未来的大学生，墨西哥大革命的亲历者和1916年之后后革命时代的建设者，产生了不可估量的影响。读《爱丽儿》满足了墨西哥知识界的种种心理需求：对精英领导制度的维护，对美国干涉的抵制，对物质主义、科学至上和专业化的批评；面对世纪之交欧洲所出现的诸多新人文思想，他们认为罗多是第一个本土阐释和对话人。

带着或多或少的缺陷，《爱丽儿》在西语美洲青年们心中唤起了一种在当时难以想象的主人翁精神，是此前的浪漫主义都不曾见过的。1908—1920年间，多国召开的大学生联合会都宣称是从《爱丽儿》的课堂走出来，共同呼应罗多和爱丽儿给予他们的乐观主义和建设性的反抗精神，既对抗美国，也反对本国的独裁和腐败，包括掀起大学教育改革的浪潮。正如费尔南德斯·雷塔马尔[1]所说："毫无疑问，罗多的爱丽儿为革命事业提供了最初的发射台"。

有趣的是，爱丽儿主义在20世纪二三十年代受到冲击和批评，进入了新的接受时期，恰恰可以雷塔马尔为代

---

1 费尔南德斯·雷塔马尔（Fernández Retamar，1930—2019），古巴诗人、散文家、文学评论家和"美洲之家"主席，大学教授，在革命政权担任多个文化职位。

表——用马克思列宁主义的分析方法革新对拉美现实的解读，重现被普洛斯帕罗边缘化、被爱丽儿忽视的卡列班立场。

1925年，博尔赫斯率先扔来锐利的标枪：罗多不是扬基，但也是个美国人，波士顿的大教授，满脑子拉丁特质西班牙特质的想象。两年之后，马里亚特吉也以鲜明的左派立场来打破"罗多神话"：对一个资本主义、财阀政治、帝国主义的美国，能够有效对立的只有社会主义的拉美，别无他法。

与此相应，乌拉圭本土的"45年一代"，安赫尔·拉马所谓"批判的一代"（la generación crítica），恰恰是在对罗多的整理和重读中成长起来的：1945年何塞·佩德罗·塞贡多、1957年罗德里格斯·莫内加尔版本的全集，1947年罗伯特·伊巴涅斯举办的纪念展览，共同标志了一个阶段的结束、新阶段的开始。整个60年代，尽管不乏指责罗多的缺陷、近视、误判、矫饰的声音，甚至扬言要"用七把锁锁住罗多的墓，行动吧"，马里奥·贝内德蒂《何塞·恩里克·罗多的天赋与形象》（1966），加上《前进笔记》月刊第一期（1967年5月号）和第五十期（1971年6月号）汇编了重要的研究文章和纪念罗多百年诞辰的演讲，最终定下基调：后世种种分析和诠释表明，即使在动荡和革命的今天，罗多这个富矿仍然没有枯竭，《爱丽儿》最成功的作用，是把欣羡的目光，变成警惕的状态。

最后必须说回雷塔马尔。他1971年发表的杂文《卡列班》，以及延续到1992年美洲"发现"500年纪念前后的拓展，梳理了莎士比亚笔下魔法师、精灵、怪物在20世纪世界文学中的不断变形，读来如万花筒般变幻惊人，但又保持了左派的底色。他最重要的观点来自曼诺尼1950年的《殖民心理学》和1956年《普洛斯帕罗与卡列班》，以及乔治·拉明1960年《流亡的快感》，将卡列班视为被殖民者，承受着"普洛斯帕罗情结"，寻求殖民者的认可而不得，因为后者始终是种族歧视、父权压迫的。雷塔马尔用很长的篇幅来论证罗多搞错了拉美的象征，不过总体而言，对罗多的批判并没有看起来那么凶：其实他同马蒂一样，预警了美国霸权的蠢蠢欲动和长远威胁。

VI

根据本人粗略的统计，《爱丽儿》1914年就有了法语版，1922年美国推出了时任阿根廷大使翻译的一版1967年剑桥大学出过一版，但导读是英文的，正文仍然是西班牙语，1988年又有西语学者、翻译家塞耶斯·佩登（Sayers Peden）版本面世，之后1994年出现德语版，1999年意大利语版。我们的中文译本虽然晚，但从改革开放四十年以来国人价值观变化、中国拉美研究的演进、中美关系震荡等角度看，是不是也当得一句"来得巧"，即西班牙语的"欢迎"（Bienvenido）。

这个"来"，恐怕仅仅用"乌拉圭文学汉译"的筐子是盛不下的——乌拉圭共和国建国以来，基本也可以说自有"东岸"殖民地（17世纪初期）以来，其文学译入中文的不过30余本（另有少许再版），而且比较成规模的只有基罗加，以及近年被誉为"乌拉圭鲁迅"的加莱亚诺。比较和评论，这里就不作了，还请有兴趣的朋友先去读过，也希望中国关于乌拉圭的书籍，能很快超越地图册和"列国志"的范畴，"蒙得维的亚"（Montevideo）大概是中文里仅次于"斯堪的纳维亚"和"亚的斯亚贝巴"的拗口地名了吧，但其实讲明白了很好记：1520年麦哲伦船队经过时，有船员用葡萄牙语或者拉丁语喊了声"我看见一座山"（Monte vid eu）。跟中国相比，乌拉圭很远、很小，但她也有山、也有河，有自己的历史和思想脉络，愿通过《爱丽儿》这本小书，大家有所见，有所得。

此次翻译主要据两个版本译出：

José Enrique Rodó: *Ariel*, ed. Belén Castro,

Madrid，Cátedra，2ª ed. 2003；

José Enrique Rodó：*Ariel*，Liberalismo y Jacobinismo，Ensayos，estudio preliminar，índice biográfico cronológico y resumen bibliográfico por Raimundo Lazo，México，Editorial Porrúa，1968，10ª edición 2005.

另参考赵德明教授节译《爱丽儿》，收于赵德明主编:《摆脱孤独》(世界经典散文新编拉丁美洲卷)，百花文艺出版社，2000 年。

罗多对其他作家作品引用和指涉颇多，但仅三处指明来源；本译本中如无明确标示均为译者加注，其中译名和译法尽量查对已有或比较稳定的中译本。如对莎士比亚《暴风雨》中人物的译名从译林出版社 2018 年朱生豪译本。

于施洋

爱丽儿

献给美洲的青年

"普洛斯帕罗"，大家常用莎士比亚《暴风雨》里那位智慧的魔法师来称呼年迈的恩师。那天下午，一年的训导结束，他要跟年轻的弟子告别了，示意大家最后一次聚到他身边。

众人来到宽敞的教室。这里处处透着典雅的味道，炫示着大量藏书，书是普洛斯帕罗忠诚的伙伴。显眼位置摆着一尊精致的铜像，像这平静气氛中的神灵，是《暴风雨》里爱丽儿的形象。通常就坐在这尊铜像旁边，所以被称作"普洛斯帕罗"，精灵在剧中效力的主人——当然，也许在他的教育理念和性格之中，这个名字还有更深的原因和涵义。

爱丽儿，缥缈的精灵，在莎士比亚这部剧的象征系统中代表着人精神中高贵，如同插上翅膀般自由的那一部分。爱丽儿是理性的统率，是超越非理性低下冲动的情感，是豪放的热情，行为中高尚无私的动机，是文化的灵性，是聪明才智的活跃和优雅，是人类选择想要达到的理想终点；爱丽儿为更高级的人去除卡列班的恶习，后者是感性笨拙的代表，遭受着生活不断的斧斫。

那尊雕塑可谓真正的艺术，再现了精灵被普洛斯帕罗的魔法解放的瞬间，仿佛即刻要冲向空中一晃不见：翅膀张开，衣袂飘飘，铜质身躯被光的爱抚镶上金边；宽阔的额头抬起，从容的微笑中嘴唇微翕，一切都表现出昂然宣示起飞的态度。最富匠心的是，艺术既予其雕塑以稳健，又保留了天使的造型和适度的轻盈。

普洛斯帕罗沉吟着，轻抚雕像前额，让年轻的学生们四下站好。他有一副适于讲经的庄重嗓音，可以在灵魂最深处捕捉思想、潜移默化，一如光线照亮人心，一如石凿准确一击，或者画布上浸润的笔触、沙滩上冲刷的水纹。面对众人的关切，他坚定的声音响了起来：

I

你们已经看到，这座雕像每天下午主持我们的聚谈，见证了我的努力：剔除教育当中让人敬而远之的严肃。今天，我要再跟你们聊聊，如果说我们已经有了一份情感和理念的协议，就让这番话盖上最终的印章。

我召唤爱丽儿为我的灵光，希望我现在的话具有他前所未有的温和与说服力。我想，跟年轻人讨论正直、高尚的动机，不管什么动机，都是一场神圣的讲道。我同样相信，年轻人的精神是一片沃土，种下一个适宜的词语，往往就能在很短的时间长出不朽的植株，直至丰收。

你们准备呼吸行动的自由空气了，肯定在思想深处做了某种构想，构建你们的道德人格和奋斗方向。我很希望在这个构想的某页上贡献几笔。这类计划无论诉诸笔端，或是在行动中显现，总存在于人的精神中——不只是数量聚合的人，是真正的群体和人民。注重个人意志的一派中，歌德曾经深刻地说，要每天争取自由和生存的人，才有享受两者的权利，[1] 那么应该也可以说，每代人的荣誉也需要各自去争取，通过思想的活跃、个人的努力、对理想某种特定形式的信仰，以及在理念演进过程中赢得自己的位置。

获取你们的荣誉，从争取第一个信仰对象开始——你们自己。正在度过的青春是一种力量，你们是运用它的工人，也是一笔财富，其投资是你们要负的责任。请珍爱这

---

1 参见歌德:《浮士德》第二部第五幕第五场，钱春绮译，上海译文出版社，2018 年，第 535 页。

份财富和力量，让拥有青春的骄傲在你们身上保持热度和效力。借用勒南的话："青春就是对生活这片宽广地平线的发现"，这种发现，除了认识到未知的土地，还包括了解到自己开垦的伟力。要在一段时间里吸引思想者的兴趣和艺术家的悸动，简直想象不出比这更合适的场景了：整整一代人迎向未来，急于行动，摩拳擦掌，额头高昂，微笑里一抹对梦想破灭的不屑，灵魂受到甜美、遥远目光的牵引，那目光带来神秘的刺激，一如征服者英勇战纪中对奇潘戈[1]和黄金国[2]的张望。

人类的希望会重生，总有诺言把最好的现实永远托付给未来；从这样的重生和诺言中，窥见生命气息的青春灵魂获得了甜蜜而不可言喻的美，在初露端倪之时，就像拂晓之于《静观集》的作者，[3] 由 "由梦的残迹和思想的最初求索"组成。

人类，数个世纪的沉痛经验之后仍一代代更新着对理

---

1 即日本国岛（Cipango），中世纪晚期对日本的称呼，马可·波罗在行纪中进行了描述（记为 Zipangu），哥伦布抵达加勒比海上的埃斯帕尼奥拉岛时，因一个 Cibao 的地名而误以为到达亚洲该地区。参见《马可波罗行纪》，冯承钧译，商务印书馆，1936 年，第 623 页。

2 黄金国（El Dorado），一个著名的传说，起源于西班牙征服者听说的一个奇布恰族仪式：酋长在瓜塔威达湖畔用金粉抹遍全身。黄金国的传说刺激了无数对奥里诺科河、亚马逊河流域的探险活动。

3 《静观集》（Las contemplaciones），维克多·雨果 1856 年出版的诗集，罗多这里指的是第一部的第一辑《曙光初照》（Aurora）。

想积极的希望和焦灼的信仰，就像居友笔下那个疯女人，一次又一次地相信她的大婚之日到了[1]——她是自己迷梦的玩具，每天早上在苍白的额头戴上新娘的花冠、在脸前垂下面纱，带着甜蜜的微笑去迎接想象的新郎，直到黄昏的阴影在空盼之后带来深深的失望。这时候她的疯癫染上一丝感伤，可天真的信心随着第二天的晨曦又会涌起，之前的觉悟一笔勾销，她只喃喃道，今天他会来的，于是再次戴上花冠、垂下面纱，笑着迎接未婚夫。

就这样，理想的效力虽死，人会一再穿上婚纱，以同样的新信念，同样顽强而感人的疯狂，等待着实现梦寐以求的理想。这种更替就像一种大自然的节奏不断发生，而唤起这种更替，在每一个时代，都是青年们的责任和成就。人类每个春天的灵魂里，都飘舞着那件新娘的嫁衣；希望从失望的胸口展翅飞出，想要扼杀它那可贵的固执，悲观主义根本无计可施。同样地，无论基于理智还是经验，人都无法反驳大写的生命深处那句骄傲的"没关系"。有时候，高歌猛进的节奏明显被干扰，从摇篮起

---

1 Jean-Marie Guyau：*Esquisse d'une morale sans obligation ni sanction*，Paris：F. Alcan, coll. «Bibliothèque de philosophie contemporaine»，1885. 中译参见居友：《无义务无制裁的道德概论》，余涌译，中国社会科学出版社，1994年，第51页。

就注定彷徨失落的某一代会扰乱历史，但他们也会很快消逝（或许也曾经以负面的形式、不自觉的情感有过同样的理想），人类精神中再次点燃对"新郎"的希望，形象温和、闪耀，像出自神秘主义者的象牙般的诗句，哪怕从未在现实中成形，也足以维持生活的雀跃。

　　青春，在个体和一代代人的灵魂里意味着光明、爱、力量的青春，也在各个社会的发展进程中存在并具有同样的意味；硕果、生命力和对未来的主宰，将永远属于像你们一样感知和思考生命的人。曾经有一次，前所未有地，人类青春的特质成了一个民族的特质、一种文明的性格，一股有魔力的青春气息轻轻吹过一个种族冷静的前额——希腊诞生的时候，众神曾送上青春永不消逝的秘密。希腊就是年轻的灵魂。"在得尔斐观看爱奥尼亚人的人啊，"荷马曾经唱道，"想象他们绝不会老去。"希腊取得伟大的成就，正是因为从青春获得了快乐，也就是行动的氛围，以及热情，或者说无所不能的跳板。雅典立法者梭伦在塞斯神庙与埃及祭司谈话，听对方浩叹希腊人喧闹善变的性格：你们希腊人总是小孩。[1] 米什莱[2] 也把希腊精神的

1　参见柏拉图：《蒂迈欧篇》，谢文郁译，上海人民出版社，2005 年，第 15—16 页。
2　儒勒·米什莱（Jules Michelet，1798—1874），法国历史学家，被誉为"法国史学之父"。

活动比作一种节庆游戏，全世界的国家含笑围观。恰恰是从群岛海滩上孩子式的兴奋游戏中，爱奥尼亚的橄榄树荫下，产生了艺术、哲学、自由思想、钻研的好奇、对人类尊严的自觉意识，所有这些神授的激励，时至今日依然构成我们的灵感和骄傲。这位祭司的国家笼罩在一种古埃及的严肃板正之中，由此也代表着一种衰落，凝结起来，不断演绎永恒的平静，用轻蔑的手推开一切轻佻的梦。有趣、不安，都从他们的精神状态连同形象表情中剔除了。当后世把目光重新投向这个国家，只会找到关于秩序的僵化概念指导着一种文明的发展，其延续仅仅为了编织一条裹尸布、建造一座陵墓，如同一把圆规的影子落在砂砾的贫瘠上。

青春精神的衣饰——热情和希望——在历史和自然的和谐之中，对应着运动和光芒，无论你们把目光投向哪里，都能发现它们像所有强而美的事物所处的自然环境一样。看一个最高的例子吧：基督教理念，尽管现在担着取消异教之欢愉、让世界蒙哀的恶名，但如果回到其诞生的初衷，其实是一种本质上年轻的灵思。初生的基督教，根据勒南的解释 [1]（我认为既正确且诗意），是一幅画，画着

1　参见欧内斯特·勒南：《耶稣传》，梁工译，商务印书馆，2010 年。

永不凋谢的青春；基于灵魂的青春，或者说，基于一场生动的梦，优雅、天真调成一股异香，经由加利利的原野飘进耶稣的悠长天日，远在说教之上、远离一切忏悔的滞重缓缓展开，在天国的湖边，在雾气氤氲果实的山谷，被富含寓意的"天堂鸟"和"原野上的百合"所倾听，也在大自然的甜蜜微笑中传扬"上帝天国"的悦纳。在这幅幸福的画中，没有在孤独中陪伴施洗者的禁欲之人。耶稣提到过追随者，把他们比作婚庆队伍里报喜讯的人，那种神圣喜悦的印象通过传福音者们的"奥德修纪"留存下来，加入新信仰的基质，在最早的基督徒群体的精神中引导天真的幸福、生存的单纯快乐，跟特兰斯提弗列（Transtevere）的无知教众一起抵达罗马的时候，轻轻松松便打开了心门——他们得胜了，用内在青春（因为品尝新酒而散发着馨香）的魅力，战胜了斯多葛派的严厉和世俗的腐朽。

你们自带一种被祝福的力量，对此要有清醒的认识；但也不要以为这种力量不会失误、消退、变成现实中某种无目标的冲动。这是自然馈赠的无价之宝，但要基于思想才能丰产，否则只会无谓地增殖，或者在个人意识中分裂、分散，无法在人类社会生活中表现为一种有益的力量。不久之前，一位颇有远见的作家在一部世纪小说（可谓反映最近动荡百年的巨大镜面）中勾勒了年轻人的心理、精神状态，从勒内到德塞森特的时代。[1] 他的分析证明"内在青春"、精力在逐渐消退，从浪漫主义时代的一系列代表性人物——受疾病折磨但雄健、充满激情的英雄——到我们这个时代的意志和心灵损耗者，精神万般消磨，就像《逆流》的主人公，或者《门徒》中的罗伯特·格雷斯娄。[2] 但他的分析同样表明，这些文学中也许暗含着更深刻的转变，年轻人的生机和希望也在发生着令人宽慰的复苏，勒梅特、维泽瓦、罗德笔下新主人公那样的复苏，其中最成功的也许是大卫·格里夫，一位当代英国作家用一个角色就凝练了好几代人对于理想的痛苦和不安，在一个沉静和富于爱意的尾声中做出

---

1 勒内（René），法国作家夏多布里昂发表于 1802 年的小说的主人公，后成为"世纪病"忧郁的代名词；故事讲述其与姐姐发生恋情，结果女方恪守宗教戒律被迫进入修道院，勒内自此孑然一身，飘然遁迹于蛮荒之地，参见夏多布里昂：《阿达拉·勒内》，曹德明译，漓江出版社，1996 年。德塞森特（Des Esseintes），一位世纪末颓废美学的代表，出自法国作家于斯曼（1848—1907）1884 年发表的作品，讲述其为了逃避资产阶级的庸俗，设计了一个豪华的世界，通过满足五官的刺激，表达对美的狂热和享受。参见若利斯-卡尔·于斯曼：《逆流》，余中先译，上海译文出版社，2016 年。

2 罗伯特·格雷斯娄（Robert Greslou），法国作家保罗·布尔热（Paul Bourget，1852—1935）1889 年出版小说《门徒》（Le Disciple）中的主人公，其受业于一位主张实证主义的老师，但最终成为教育实验、唯物主义理论的牺牲品。

了结。[1]

这种希望会在现实中成熟吗？你们，即将在新世纪的门廊下如同工人排队进入车间的你们，会反思让你们的形象比我们更加胜利、光亮的艺术吗？如果青春为柏拉图光辉的对话者作榜样的时间只能在世上持续短短一个春天，如果照《浮士德》第二部福耳库阿斯向特洛伊女战俘合唱队建议的那样，"把你们那批古老的神／撇在一边"，[2] 我们也许该当梦想新的人类世代出现，重赋生活以理想、以巨大的热诚——这些世代中，也许情感会成为力量，逃避的意志会重获精力，道德的怯懦以英勇的呼唤、从灵魂的深处，在失望和疑问的胸中吸收养分。青春会像个人生活的现实一样，再次成为集体生活的现实吗？

这就是看着你们的时候，让我不安的问题。你们最初的书页，你们至今为止向我们呈现的内心世界，说的都是不时的犹疑、糊涂，从未提过紧张乃至意志崩溃。我当然

---

1 大卫·格里夫（David Grieve），英国作家玛丽·奥古斯塔·沃德（Mary Augusta Ward，1851—1920）1892 年出版三卷本小说《大卫·格里夫的故事》（*The History of David Grieve*）的主人公，其与兄弟在监护人的虐待中艰难成长起来，在法国爱上一位女艺术家，几乎自杀，幸而得到另一个女人的解救，最终在基督教和社会意识的觉醒中得到新生。

2 参见歌德：《浮士德》第二部第三幕第三场，钱春绮译，上海译文出版社，2018 年，第 451 页。

明白，热切是你们身上的一股活水，我也明白，思想因为绝对真诚（这可是比希望更大的优点）而从冥思苦想、沉重而不可避免的怀疑中萌生出失落、痛苦，但这并不是你们精神的持续状态，也绝不表示你们不再相信"生"会留下永远的痕迹；当一声焦虑的呼喊从你们心底发出，你们并没有以斯多葛派严厉沉默的高傲拒绝其经过双唇，相反，你们带着一丝弥赛亚式的憧憬呼唤理想"会来的"。

跟你们谈热情和希望，包括谈崇高、丰富的德行，并不是打算教你们划一条不可逾越的线，把信仰和不可知论、把愉悦和失望截然分开。我不是要混淆青春的天然特性，掩盖青春灵魂里的积极主动性，让思想那种怠惰的轻浮（在一项活动中除了参与的动机其他什么都看不见）与世隔绝，对事物的神秘严峻望而却步，满足于换取爱和平静；这不是青春对个人的高贵意义，也不是青春对民族的深刻内涵。美洲的命运有很多哨兵，为了保护她的平静，迫切赶在任何人类痛苦的回响、任何外来文学的感伤抵达我们之前——悲情或不健康，都会动摇脆弱的乐观——将其及时扼杀；我总认为这些意图是徒劳无益的：任何对心智坚强有力的教育都不可能建立在天真的隔离或主动的无知上。"怀疑"向人类思想提出的所有问题，从沮丧或痛苦中对上帝或大自然所做的一切诚恳的反诉，都有权要求我们有意识地关注和面对。我们内心的力量应当尝试接受斯芬克斯的谜题，不回避乍看像是恐吓的诘问。还有，你们不要忘记，在思想的某些苦处，就像在某些乐处一样，或许能找到行动的出发点，以及诸多有益的建议。当痛苦逼近，不可抗拒地引人消沉，或者像有异心的大臣、想让意志"退位"，其内在的哲学应该为青春的灵魂所不齿，也即诗人所称"死神幡下的散兵游勇"。[1] 但当痛苦的胸中生出的是斗争的激越，要光复或者重申拒绝给予我们的奖赏，那就是一记前进的马刺，是生活最有力的推动。正如"自爱"在爱尔维修看来，让我们的感受力不在闲暇的麻木中萎缩，而变成行动中警惕的激励，最终能成为人类最伟大、最珍贵的特长。[2]

在这种意义上，说某些悲观主义有"矛盾的乐观主义"倒是不错——不是放弃或者谴责"存在"，而是以对现实的不满来宣传改造之必要。面对所有悲观的否决，人们最需挽救的不是此刻相对的"好"，而是随着生活的展开，通过人的努力，抵达一个更好终点的"可能"。信仰未来，信任人类努力会有用，这是一切有力行动、美好意

---

1 何塞·华金·德奥尔梅多在 1807 年诗歌《堂娜玛丽亚·D. 德波旁之死》中写道："冷漠的兵士加入 / 死神阴沉的麾下"。

2 参见爱尔维修：《论精神》，杨伯恺译，上海人民出版社，2019 年。

愿的必要前提。这就是为什么我开始不想过于强调这种"信"的不朽特质，这应该是年轻人的本能，不需要通过教化来强加；你们应该会发现大自然的神意在内心深处自在无虞地发挥。

有了这种感情的激发，你们便进入生活吧，让生活给你们打开更广阔的地平线，抒发正当的企图心：用征服者的自豪眼光看待生活，从那一刻起，也让生活感到你们的存在。无所畏惧的主动，勇敢革新的智慧都落到青春的灵魂之上。也许从当前世界范围来说，青年的行动和影响在社会的进程中还没有达到应有的效果和强度。不久之前，法国的加斯东·德尚[1]就指出了这一点，说年轻一代对公共生活及其民族文化"入门"太晚，对主流思想的贡献也乏善可陈。我对美洲年轻一代（尽管组成美洲的各个国家生活在一种令人痛心的隔绝之中，大致还是有一些基本特征的）观察的结论可能也差不多。但我相信在各处都看到了新生力量积极的自我宣示，我相信美洲十分需要她的青年。这就是为什么我跟你们说这番话，这就是为什么我密切关注你们精神的道德走向。你们的言行具有力

1　加斯东·德尚（Gaston Deschamps，1861—1931），法国考古学家、作家和新闻记者。

量，可能会把过去的生动经历融入未来的创造之中。我跟米什莱想的一样，教育的真正概念不光是以父辈的经验向子女传递精神文化，往往更重要的是，由子女的创新启示父辈。[1]

那我们就再谈谈你们该怎样看待接下来的生活。

II

秉性的差别会给你们的行动赋予不同的意义，会在你们每个人身上突出某一种特长，某一个特定能力。你们有些人会投身科学，有些会搞艺术，或者成为一切的行动派，但是除了把你们跟各自事业和生活方式联系起来的喜好之外，你们内心深处应该总有一种自觉意识在值守，那就是我们"天然的整一性"，会要求每个人类个体面对一切、并超越一切地成为人性完整的样本，让精神的任何高尚功能不被阻碍，让服务众人的最高利益保持沟通的价值。在职业和文化的差别之前，首先还有理性的人实现共

1　参见儒勒·米什莱：《论人民》（1846）第三部分第八章《没有无信仰的教育》，袁浩译，吉林出版集团股份有限公司，2016 年。

同命运的问题。"有一种普世职业，那就是做人"，居友说过这样让人叹服的话，而勒南在讨论各种文明的偏狭失衡时，也提醒人类的终极目标不能仅仅是知道、感觉、想象，而要真正、完全地"为人"，由此定义了"完美"应当致力的理想：在每一个个体身上呈现一个群体的图式。

由此，你们去追求尽可能的发展吧，不止在某一方面，而是生存的方方面面。别在人性高尚、慷慨的表现面前不以为然地耸耸肩，借口说你习惯某些别的做法。在你们不能当演员的地方也要做专注的观众。当某种极其错误、庸俗的教育观念（把教育想成仅仅服从于某种实用目的）坚持通过实用主义和过早的专业化来打破我们精神上天然的完整性，并试图从教育里剔除不计利益、理想化的成分，这种观念没有充分注意到另一种危险，那就是可能导致狭隘的思想，无法考虑直接相关的现实之外的方面，使人隔绝地生活在精神的冰冷沙漠里，同处一个社会却蝇营狗苟、各有所图。

尊重我们每个人只投入特定活动、某一种文化方式当然是必要的，但这并不排斥通过精神的内在和谐实现理性之人的共同命运。某活动、某文化将只作为和谐的基本音符。那个很久以前创作戏剧的奴隶曾留下名句：他也是人，人所具有的一切他都不陌生，[1] 出于一种永不枯竭的意义，他的呼喊将汇入所有人的呼喊，在人类的良知中永远回响。我们的理解能力应该走到无法理解狭隘的精神为止；如果不能在自然界中看到更多的面孔、看到更多的人类理念和兴趣，无异于生活在一团梦的阴影中、只让一道光线穿过。不宽容、排他性，若来自高尚情操的专制，或无私意图的泛滥，可能还情有可原，但如果显示一颗头脑只能在庸俗生活中看到事物的局部和表面，就会变成最可怕的低级思维。

可惜的是，正是在文化达到完善、精细程度的文明中，这种精神受限的危险尤为严重，可能引向更恐怖的后果。确实，进化的规律（在社会和自然中都更加趋于异质化）希望随着各个社会总体文化前进，个人相应压缩才能、行动局限在更有限的范围，这种专业精神不失为进步的必要条件，但也会带来明显的缺憾，不光让每个人的眼界大大减损、世界观失真，同时由于兴趣和习惯的分散，最终破坏共同的生活和进步的情怀。奥古斯特·孔德已出色地指出了先进文明的这一危险，一种高度完善的社会状

1　古罗马剧作家泰伦提乌斯《自我折磨的人》第一场第一幕里的诗句，参见《古罗马戏剧全集 IV：泰伦提乌斯》，王焕生译，吉林出版集团有限责任公司，2015 年，第 122 页。

态对他来说有一个严重的不利因素，就是容易造成精神变态和狭隘，"在某一个方面非常强，其他方面令人恐怖地无能"。头脑的萎缩，无论出于单一理念的持续灌输，或者机械运动的无限循环，对孔德来说都堪比流水线前精细分工消耗人力的悲惨命运。无论在哪种情况下，伦理上的效果都是造成一种悲哀的漠视，对人类兴趣的整体面貌不再关注。这位实证主义思想家还说，尽管这种无意识状态让专业原则越来越得到重视，但其现实后果也亟待研判。[1]

如同损害社会团结一样，这种无意识的取向还影响到社会结构的"美学"。雅典无与伦比之美，从女神之手到世人匠心的不朽范式，出于这座奇迹之城把生存理念建立在人类各种能力的协调一致上，建立在有益人类荣光和伟力的能量得到自由、协同的拓展上。雅典善于同时彰显理想和现实的意义，理智和直觉以及精神和身体的力量。她雕琢了精神的四个面。每一个自由的雅典人（熟谙自控之道），都能沿自身勾勒一个完美的圆，任何逾矩的冲动，都不能打破线条的美好比例；雅典人是运动场上的健将

1　A. Comte：*Cours de philosophie positive*，t. iv，pág. 430，2ª edición. ——作者注。奥古斯特·孔德（Auguste Comte，1798—1857）：实证主义之父，把科学奉为新的理性的"宗教"，推崇对经验事实的观察和证明，排斥形而上学的思辨。罗多对实证主义多有批评，但也同意孔德抨击现代性的部分观点，比如1830—1842 年间出版的 6 卷《实证主义教程》（*Cours de Philosophie Positive*）。

和活雕塑，普尼克斯山[1]居民，游廊下的辩论家和思想者。他在各式勇武的行为里锻炼意志，在各种低回的忧虑里锻炼思维。所以麦考利[2]说，在阿提卡（Attika）过一天公共生活，能比今天我们为现代教育机构设计的任何大纲都丰富。正是从人类天性那种自由和独一无二的焕发中，才出现了"希腊奇迹"，一种无法复制、令人欣喜的动与静的混合，一场人类精神的春天，一个历史的微笑。

这种和谐只可能存在于优美的简单之中；当前时代，文明的日渐复杂让所有重塑这种和谐的努力都付诸东流。但在我们文化的复杂性中，在性格、能力、优点的逐渐分化中（这也是社会发展不可回避的后果），应当保证所有人仍能理性参与某些基本理念和情感，以便保持生活的完整和睦，保证某些精神性的意趣，在其面前，理性存在的尊严不会认可任何一个人的冷漠。

当"有用"和"舒适"的意义以当下这种力量统辖人类社会的特征，精神狭隘和单一文化的结果就尤其恶劣，会极大阻碍人们去传递一种纯粹理想化的思虑，让那种思

1　普尼克斯（Pnyx），雅典卫城西边的一座小山，雅典城邦公民议会聚会的地方。

2　麦考利（Thomas Babington Macaulay，1800—1859），英国历史学家，也写作犀利优美的政论文，代表作是写于1849—1855年的《英格兰史》（*The History of England*）。

虑对有些人来说或许还值得珍爱、足以献出最高贵和坚韧的力量，但对大多数人却成为遥远的、懒得再怀疑的问题。在所有剔除杂念的沉思、理想化的静观、内心的停战中，功利者的日常忙碌可以短暂让位于从理智高度看待事物所带来的平和宁静，但以人类社会的现时状况，上百万有教养的文明人都忽略了这一点，被教育和惯习驯服，行为动机毫无意识地变得物化。这种臣属状态应当被视为最可悲、最耻辱的道德审判。我请求你们在生活的战斗状态中做好防备，防止你们的精神被一个唯一的、深涉利害关系的东西所左右。你们决不能完全（部分地就可以了）投入某种功用或激情，即使受到物质的统摄，也还有机会拯救内心的自由：运用理智和情感。不要被工作和各种斗争完全吸进去，还为精神所陷入的奴役状态辩解。

我从尘封的记忆深处找到一个故事，里面有我们灵魂应当何为的象征。从前，在东方，美好故事常常发生的某个所在，有一位君主，他的王国还处在以实玛利的帐篷和皮洛斯（Pylos）的宫殿那样无忧无虑的童年，他本人则被后世称作"好客之王"，因为他非常慷慨，所有不幸似乎出于自身的沉重，都在他的热情中消散了。无论穷困的人为了白面包，还是悲伤的人寻求安慰，大家都去拜见好客的国王。他的心真像灵敏的镲片，能打出他人内心的节奏；他的宫殿就是臣民的家，威严的院墙从来没有守卫，一切都自由活跃；在开敞的游廊里，牧人休息时围成一圈，祭出他们朴实的音乐会；老人在黄昏里畅谈，一队队欢快的女人在竹席上插摆花枝（王家什一税的唯一用途）。俄斐（Ophir）的商人，大马士革的小贩，随时穿过宽阔的大门，在国王面前争先展示布料、首饰、香水。王座边，劳累的朝圣者正在歇息，鸟儿们相约中午一起啄食桌上的面包渣；清晨，孩子们热热闹闹地涌到银须国王床前道早安。他无尽的宽厚泽被一切不幸的人、没有灵魂的物，连大自然也受到他召唤的吸引，风、鸟、花木就像俄耳甫斯和圣方济各的传说一样，在那热情的绿洲里寻求人的友谊。偶尔掉落的种子很快就能发芽开出紫罗兰，在街道和院墙之间，没有粗暴的手来掐断，也没有恶意的脚来轻慢。高窗大开，好奇的爬藤毫无顾忌地直入国王的房间，疲倦的风长久地在王家城堡卸下香气的重荷。海浪从不远的海上直起身来，溅起朵朵浪花飞沫，像要给国王一个拥抱。一种天堂般的自由，无尽的信任，在各处保持着永不结束的盛宴气息。

但在深处，幽深之地，由被遮盖的水渠跟喧闹的城堡隔开，躲在众人的眼光之外，就像乌兰德之谓林中"消失的教堂"，[1] 在不为人所知的小径尽头，掩映着一座神秘的大厅，任何人不得涉足，只有国王自己能来，把他的热情好客在门槛上转换成苦行般的个人主义。层层高墙环绕，听不到外面任何吵闹，大自然音乐会的任何音符、唇间蹦出的任何词语，都不能穿越斑岩方石的厚度、在禁苑里掀起些许声波。宗教般的寂静在这里守护着沉睡空气的纯正。玻璃花窗透出的光柔柔降下，一寸寸保持毫不更易的脚步，像闯入温暖鸟巢的雪片融化在天堂的静谧中。从来没有如此深沉的平静统御一切，无论深海洞穴或是孤寂密林。偶尔，当夜晚平静清透，装嵌板的屋顶会像两片贝壳打开，让平静的阴影代行统治。空气中飘荡着睡莲挥之不去的幽香，一种引人遐思[2]入定、内观自省的香气。庄严的女像柱以"护静人"[3]的姿态守卫着象牙大门，正面，精雕细刻的形象讲述着理想、沉醉、静默……老国王断定，即使没有任何人陪伴，他的热情仍然会以一种神秘的确定

---

1 乌兰德（Ludwig Uhland，1787—1862），德国诗人、文学评论家，与格林兄弟并称的民间神话、民间文学专家，最早的日耳曼语言文化学者之一。所引是他 1812 年发表的一首诗的标题（Die verlorene Kirche）。

2 此处是罗多从"思考"（pensar）生造的新词（penseroso），修饰"打瞌睡"（adormecimiento）。

3 护静人（silenciario），罗多从拉丁语 silentiatius 化来的西语词，指守护家宅或庙宇宁静的人。

性保持以往的程度，只不过在秘墙里召集的都是接触不到的客人。传奇的国王在里面做梦，在里面超越现实，在这里，他的目光投向内心，思想在静默中打磨，就像卵石被泡沫擦洗，在这里，他精神的白色翅膀在高贵的前额展开……之后，当死亡来提醒他不过是自己宫殿里的另一位客人，这座无法穿越的寓所将永远关门、陷入死寂，沉入无尽休憩的深渊；没有人亵渎这里，因为没有人斗胆进入，这是老国王跟自己的梦单独相处的地方，是他想在精神的最后一片图勒岛 [1] 保持孑然一身的地方。

我讲的其实是你们内心王国的景象。开放，带着一种健康的慷慨，就像被仰赖的国王宫殿，接收世上一切潮流，但同时请保留一个隐蔽神秘的所在，不为世俗的客人所知、除了平静的理智不属于任何人。只有深入不可冒犯之境，才能称自己是真正自由的人，而那些不理智地把对自己的掌控拱手相让，服从无序的激情或功利的人，忘了蒙田的教诲：我们的精神可以出借，但不能出让。思考、梦想、崇拜，只有这些是可以来访的清客。古人把"闲

---

1 图勒岛（Thule），塞内加《美狄亚》中提到的一个地方，据说是希腊航海家、地理学家发现的北海中的一个小岛，后被罗马人视为陆地的极点。参见塞内加：《美狄亚》，收于《塞内加》（古罗马戏剧全集），王焕生译，吉林出版集团股份有限公司，2015年，第156页。

适"视为真正的智慧，理性存在的最高运用，从一切低微的枷锁中解放出来的思想自由；闲适是一种时间投入，但与经济活动相反，透露出一种更超脱的生活。古典精神把人的尊严跟高蹈、贵族化的"沉静"理念紧密关联，到了现代，似乎可以"有用的工作"进行修正和补充，但无论如何，在每个人的生活中，仍需要以一种节奏保持对灵魂的关注，而且必须坚持这种节奏。像超前的基督教之光一样照亮古代世界黄昏中的斯多葛派，给我们留下一幅拯救内心自由的简单动人的图景，留下一幅克里安塞[1]在艰苦境遇中保持笃定的动人画面：他虽然被迫用运动员的臂力把小桶沉到泉底、推动风磨彻夜运水，但繁重劳动之间总不忘冥想，用起茧的手在路边的石头上画出尊师芝诺传授的教诲。一切理性的教育，天性的完美培养，都将以此为起点：在每个人身上激励出克里安塞所象征的双重活力。

最后强调一遍：你们行事的原则，你们人生的信条，应当是保持生而为人的整一性，没有任何特定功用可以超越这个最高目的，任何割裂的力量都不能满足个体存在的

---

[1] 克里安塞，或译克里安西斯（Cleanthes，前301—前232），曾当过拳斗士，后决心前往希腊，做过许多苦工才得以听到斯多葛派创始人芝诺授课。他后来接替芝诺，对斯多葛派思想多有传承，其有幸保存下来的《宙斯颂》提出了行为严谨、正直的道德纲领。

理性目标，也不能达成集体存在的有序和谐。正如变形和萎缩在个体的灵魂里是单一目标、单一文化的恶果，人为和虚伪也会让社会的荣光转瞬即逝，像腓尼基将感受力和思想的自由发展牺牲给商业行为，而斯巴达让位给战争行为，对千年末日的恐惧臣服于神秘主义，或者18世纪的法国追逐沙龙式的社交生活。当你们保全道德天性不受任何摧残，在各个正直的意义上追求和谐的舒展，请同时也想想，以人类社会现在的情况，最简单和常见的扼杀就是逼迫灵魂放弃这种"内在生活"；内心之中，一切优雅美好的事物本有自己独特的氛围，如果"暴露"在现实之"天"，会被不纯的激情气息烧灼；无我的沉思，理想的体察，古老的闲适，和我故事里无人能及的处所，原本是内在生活的组成部分，却都会被功利心阻遏。

III

正如亵渎的第一个冲动往往指向最神圣的殿堂，我提醒你们小心世俗的回潮，这种回潮也会始于打破灵性最精微处。在理性存在的诸多高级因素之中，只有对美的感受、对事物之美的清晰洞察，能最容易地击败有限生活的枯燥——限于对俗事的一成不变的描述——变成看护美的某个少数派的特质，成为各个社会收存被抛弃宝物的仓库。对美生出感动是对理想事物动情，就像戒指上的釉光；凡事唯美更妥，粗鄙贻害无穷，比如让一种绝对的冷漠变成"正常"，让原本由衷的欣赏落空。野蛮人见到文明的工具和物质形态会"惊呆"，但受过良好教养的人见到故意和习惯把严峻现实强加给美好生活，应该会更加震惊吧。

愀惜玉瓶香膏无谓地浇在耶稣头上，叛徒的想法是常人的表现；[1] 艺术的冗余对于无名的大众来说，确实比不上三十两银子，即使得到尊重，也不过被当成玄学。但是，在所有能够促成建立更高更广生活观念的教育之中，没有任何东西能像艺术一样代表普世的利益，借用席勒雄辩的话语：没有其他任何教育包含更广泛、更全面的文化而同时具有可视性，和谐激励着精神的所有感官。

尽管对美的爱慕不会从理性中自然而然地生发出来，也不太容易由每个人各自培养，但如果建议把美的情感作为一种人所共享的更高利益，那将会是一个更强的道德动

1　见《圣经·约翰福音》，讲玛利亚用一斤极贵的真哪哒香膏抹耶稣的脚，又用自己头发去擦，屋里就充满了膏的香气，犹大见状却问为什么不拿这香膏卖三十两银子周济穷人，犹大实际上并不是挂念穷人，只是想中饱私囊。

力；不让任何人放弃道德感教育，其实就是把灵魂置于敏锐的"美"觉，比如，请这样想想，受过教育的关于美的观念，会有效配合"正义"本能的形成，激愤、内心的高贵感，将是美感最合适的"同伙"；当人从完美的意义上感到某事的和谐，会比被强迫的时候更有可能完成任务，而如果在种种美德中包含了尊重他人的审美，更将达到至臻的境界。

确实，"善"的神性能够净化和提炼所有丑恶的外观，得到实现而不必一定具有美的表面。慈善的爱可以用粗糙、庸俗、令人不快的形式达到崇高，但试着用微妙、精细的方式传达呢？不仅会更美，而且更宏阔，因为在功能之外还增加了另一个好处，一种温和不可言说的抚慰，不能被任何东西取代而进一步烘托出给予的"善"，像一缕光。

让人感知美是仁爱之功。如果有人总要求"善"和"真"不变地以严苛的形式体现出来，在我看是背叛两者的假朋友。"德"同样是一个艺术的类型，一种神圣的艺术，她如母亲般朝"美惠"微笑。教育教人责任，教人最严肃的现实，也应该教像酝酿精妙诗歌一样的眼光。居友最会作类比了，他正是借助一个绝妙的比较，表达了这种道德文化的双重目标：他回忆起一座哥特式教堂的唱诗班椅背，说在如神启般精雕细刻的木工上，一面展现圣徒的生活场景，另一面则是装饰性的花环；圣徒的每一个动作都是他善行和受难的体现，每一个面部表情都对应着一个花冠或花瓣；为了象征善，百合或玫瑰渐次绽开。居友认为我们的精神就应当以这种方式塑造，而他自己，美的大师，那使徒式的天分，福音式的美德，不正是这种生动和谐的典范吗？

我深深地相信，学会从精致中分辨粗野、从美好中分辨丑恶的人，也已经掌握了一半如何从恶中分辨善。当然，好品位，如轻浮的文艺爱好者所宣扬的，[1]并不是判断人类行为合法性的唯一标准，但也不应该以一种狭隘的禁欲态度认为它是错误的引诱、骗人的绿洲。我们不会把它指为通往善的唯一秘径，但确实是一条相近和平行的道路，能让旅人的脚步和眼光不即不离。随着人类的进步，道德准则会被更明确地当作一种行为的美学，人们会像逃离刺耳声音一样逃离恶和错误，会像寻找和谐愉悦一样趋近善。当康德那种斯多葛式的严峻（正好象征着他的伦理精神）激发这样的严肃文字："我睡着，梦见生活即是

1　"文艺爱好者"写作 dilettantismo，源于意大利语 dilettante，原意为业余爱好者，也指 19 世纪末兴起的一股潮流，对一切文化形式强烈好奇但又不求甚解。

美；我醒来，发现生活是责任"，他忽略的是，如果责任是至上的现实，梦的目标其实可以在生活中实现，因为对责任的自觉带着对"好"的清晰认识，会以美为标准寻求满足。

在救赎者、传道者、慈善者心里，也应当要求对美有所体悟，这需要艺术家天分中的某些因素共同作用，很大部分基于发现和揭示理念之美的能力，在一场场巨大的道德革命中发挥影响；关于其最高境界，勒南有深刻的表述："从抽象真理中提取的律法若要让人真正爱戴，就需意味比本身更多的东西，比如律法中有诗意"。确实，耶稣的创举并不在于他的教义被原原本本地接受，因为这完全不必超出犹太会堂的道德范围，到《申命记》和《塔木德》里去找就行；正相反，他的功劳在于用亲身说教使律法变得可感，那就是律法的诗意，一种内在的美好。

如果忽视对基督生平和传道的美学表述，其时代和圣餐仪式的荣耀都将显黯淡。不会处置理想更多面向的基督教禁欲主义，把一切让生活舒适、精致、美好的东西都排除在"完美"的理念之外了，这种狭隘的精神导致自由那无法驯服的本性从人类精神所遭受的打击中醒悟，在文艺复兴的意大利滋生出另一种文明，把伦理上的"好"视作虚荣，只相信强势、美好外观的作用。清教思想——阻击所有美和智识选择，愤愤遮上雕塑纯洁的裸体，在行为、着装、说话上爱慕丑陋——这个悲哀的教派，从议会发出指令，要求扑灭一切欢庆的聚会，砍倒所有开花的树木；它把德性从美感中拉离，张开一片死亡的阴影，在英格兰始终无法完全消除，并将在不那么友善的信仰和习俗中长期存在。第一代麦考利男爵就宣称自己更喜欢象征清教徒自由的粗砺"铅盒"，而不愿要精雕细刻的宝箱，尽管查理二世的宫廷在上面用尽了心思。不过，无论禁欲主义者和清教徒有多正襟危坐，自由和德性都不需要收在铅盒里，对于人性的教养来说，更有价值的是古老理想之美，柏拉图之谓和谐，雅典娜把生命之杯举到唇边的优雅动作。

　　人类道德至善只需在希腊式优雅的模子里注入慈悲心，这其实在世上曾有过短暂的实现，当新生的基督教话语通过圣保罗传到马其顿的希腊殖民地，到塞萨洛尼基（Thessaloniki）和腓立比（Philippoi），尚且纯洁的福音在精致、灵性的社会流传，其中希腊文化令人欣喜地保持着烙印，叫人几乎可以相信，历史上两种最高理想会永远联结在一起。在圣保罗的书信风格中，恰好也留下了当时这种印迹：善的希腊化。可惜这种联合不久就夭折了。对生活的世俗构想之和谐、平静逐渐远离了新的理念，后者正在征服世界的道路上勇往直前。想要进一步指出人性的道德至善之路，只能幻想基督教与古代的平静、光辉理想复合，试想福音再次在塞萨洛尼基和腓立比传扬。

培养好的品位不止意味着改进文化的某个外表，呈现一种艺术的才能，用浅显的精致保持文明的优雅；好的品位是"原则的坚定缰绳"。马萨教授极为准确地将其解释为第二种自觉意识，可以引导我们，以及当第一种自觉晦暗、动摇时，把我们带向光明。而在白芝浩看来，对美有细微体察，会极大地帮助生活的坚定触感，以及习惯的体面尊严。"教育出好品位"，这位智慧的思想家说，"旨在锻炼出好的意识，舍此，我们在当下复杂的文明生活中将无以支撑。"[1] 如果你们有时看到这种教育在个体和集体的精神中走上了情感或道德感的歧路，那是因为在某些情况下，美育的实施太割裂、单一，影响了道德完善效果的发挥（只有在各种精神功能相互依存的文化秩序中才好充分发挥）。如果心中受到和谐、完美的激励，内在的优雅、美感的细腻跟理智的力量和正直就会是一回事。丹纳同样

1　白芝浩（Walter Bagehot，1826—1877），英国经济学家、政治社会学家、公法学家，著有《英国宪法》（1867）、《伦巴第街》（1873）等，此处出于《物理与政治》（1869），以科学的观察描述人类社会的演变，对达尔文的理论进行了拓展。参见白芝浩《物理与政治》第四篇《民族的形成（下）》，金自宁译，上海三联书店，2008年。

表示，在古典的宏大建筑中，美是坚固的一种感性表现，优雅跟力量的表征是一致的："帕特农神庙的线条以和谐比例赏心悦目，也因预示永恒而振聋发聩。"

一种有机的关系，一种自然、紧密的共情，把感情和意志的干扰跟坏品位的虚假粗暴联系在一起。如果让我们深入精神的神秘实验室，重建每个人的内心历程，找到道德性格的确定配方，那么在尼禄高度变态的诸多因素中，寻找他怪物般戏剧性的根源（受到塞内加修辞的影响，被灌注在血腥又滑稽人物的灵魂中）也许是个有意思的研究课题。当我们提起国民公会的演说，巧言令色的恐怖习性到处滋长（就像雅各宾派披着猫科动物的毛皮[1]），很难不把品位败坏、道德缺失、理智受限联系起来，像同一中心出发的半径，是同一精神问题出的事故。

毫无疑问，在美学的所有结果中，没有什么会比这一点更可靠：教会我们在相对的范围里辨认出好、在美的范围里辨认出真，同时接受坏和错中存在美的可能性。最后这条真理尤其真——要知道，精神上所有最高的目标其实环环相扣，每一环都是起点，不唯一但稳固的起点，可以

---

1 罗多认为雅各宾派搞派系、不宽容，像猫科动物一样争抢领地、内部斗争，参见 José Antuña：*Un panorama del espíritu en el cincuentenario de "Ariel"*, Editorial Florensa & Lafon, 1952, p. 458。

出发与其他可能性相遇。

好品位和道德感之间存在一种更高的一致性，这种想法是准确的，无论针对个体还是社会的精神。要说后者，可能有一些象征符号，象征罗森克兰茨[1]所称的，一方面，自由和道德秩序之间的关系，另一方面，各种人类社会的形式之美，作为种族在时间中发展的结果。这种典型意义上的美对于这位黑格尔派思想家来说，反映了自由令人高尚的效果，而奴役在使人邪恶的同时也使人丑陋；和谐地享受自由，并且对此有清楚的认识，会给自由的种族打上美的外部印迹。

在各民族的性格中，从精致品位中得出的才能，对优雅形式的掌握，使人感兴趣的巧妙手段，把思想变得亲近的能力，还跟"宣传的天赋"紧密结合在一起，也就是说，一种有力的"普世"之才。众所周知，在很多地方，拥有如上所选的特质，需要到法兰西精神推崇的"人"的层面上理解。理念获得有力的、迅疾的翅膀，不是在"抽象"的冰冷怀抱，而是在"形式"光明、热烈的氛围中。传播上的优势，不时的超越性，取决于美惠女神是否曾让

---

1 罗森克兰茨（Karl Rosenkranz，1805—1879），德国哲学家、历史学家，曾为黑格尔作传。他基于理想、进步、和谐等理念写出《丑的美学》，受到极大关注。

它沐浴晴光。这样，在历史的发展中，这些大自然的美好外在——虽然貌似只代表了一种随性的表象——音乐，鸟羽，包括散布花粉进行繁育的昆虫，花儿的色泽、香气，都在生命的汇聚中起到了极其真实的作用：在每个种群里，相对于不那么漂亮的个体来说，它们更大的诱惑力保证了那些最美丽的能够存续下来。

如果对美有一种直觉之爱，这样的灵魂肯定要受些苦，要委屈自己去维护美、让理性生活的基础冲动之一得到满足，那种维护需要通过一系列主张，是与不负责任、不感生趣的美感不同的另一种理智、另一种原则。可惜的是，这种更高层次的动机在大部分人中间丧失了效力，他们需要被教导尊重对美的追求（一种他们没有参与的爱），需要被指明自己跟其他人类利益相联结的关系。为此，必须经常与这些关系的庸俗观念作斗争。确实，所有趋于取消群体性格和惯习、磨砺美感、把品位和行为打造出普遍精妙感的做法，对于许多信奉严肃、有用原则的人来说，一方面损害了各社会雄壮威武的心绪，另一方面也影响了实用和实证的能力。读《海上劳工》，当一艘蒸汽船第一次划过英吉利海峡的波涛，泽西的农民们以一种民间的方式诅咒大海，因为把水火视为不可调和的元素。类似的敌对俯拾皆是。如果你们打算普及对美的追求，就从这里开始吧：让人理解一切人类的合理行动都有可能达到和谐一致，这相比直接把对美的追求变成众人的属性稍微容易些。

为了让大多数人不盲从毕达哥拉斯而"赶走家里的燕子"，有必要跟他们理论理论，不用夸赞燕子修士般的优雅外形或者传奇的美德，只是说明他们的巢对瓦片的安全没有任何不可调和的影响。

IV

理性生活建立在我们天性的自由、和谐舒展之上，所以，各种基本目的之中也包括对美好之物的欣赏；但这种理念遭到"实用"理念的反对，其作为人类行为的准则，把我们的行动，一切行动，导向最紧邻的利益关系。

对狭隘的功利主义的控诉——以理想的名义、带着"革除教门"的严厉批判我们的世纪精神——某种程度看建立在"否认"上，否认让自然屈服于人类意志和物质利益无限扩展的巨大努力是必要的工作，就像对一片已经枯竭的土地进行增肥，预备的是未来理想的重新繁盛。"有用性"已经从这一百年的动荡、狂热生活中吸走了最有力的能量，但是，其暂时的统治状态也解释了（但并不维护）很多痛苦的怀想、不满情绪和思想上的怨恨，可以理解为对过往的忧伤、过度的美化，或者是对未来的一种沉痛绝望。所以，在最近几代思想家某个群体的主张中——我想再次提及居友的大名——有一种极其丰富也相对适时的想法，试图在本世纪征服自然的伟业与人类许多古老信仰的复兴之间进行调和，在这项可敬的事业中投入了许多心力和智慧。

你们一定常听人把本世纪的精神风貌"功利精神泛滥"归结到两个基本原因，虽然少了点美学和无私的考虑：一是科学对于自然的揭示（不管支持还是反对的声音，都联合起来从根本上捣毁理想性），一是民主思想在全世界的传播和胜利。现在我只跟你们谈后面一点，因为我相信你们所受的最早的科学启蒙能够保护你们不被低俗的解释所蒙蔽，而民主背负着沉重的指控，认为它引人平庸化地走入一个功利主义的"神圣罗马帝国"。这种指控在现代精神最亲切的领路人书中有强烈的反映，他的书对我来说总是充满了启发之美——勒南，这个名字你们已经不陌生了，以后我还会经常再提。你们好好读读勒南，哪怕之前一直忽略了，你们会像我一样喜欢他的。在我看来，现代人中间没有一个像他这样掌握了"优雅教育"的艺术，也就是阿纳托尔·法朗士[1]视为神技之物，没有人像他这样准确地将讽刺与善意结合在一起，在严谨分析的时候，像神父涂圣油般温和，或者启发质疑的时候，用细腻的手法引人兴致盎然。他的思想常常在我们的灵魂中延展加增，回声袅袅，无法辨识却又清晰可闻，让人想到一种思想的宗教音乐。由于他这种理想无穷的解读空间，评论的分类往往把他放到"文艺爱好者"的欢快怀疑论，把哲学家的袍子变成面具服装。但如果你们什么时候真正深入他的精神，会看到一般怀疑论者难以企及，就像沙龙里的礼节与真正的慈善情感相差悬殊。

这位大师认为，对自己种群"理想利益"的高度关注是跟民主精神相对的；在民主精神主导的社会，价值观会逐渐调整，仅仅追求物质利益，作为对大多数人可宣讲的利益。在他看来，民主是卡列班的登基，爱丽儿只能是这场斗争中的失败者。勒南的这种言论还有很多，借很多有代表性的人之口，讨论美学文化和精神选择的利益在当代思想中的存在。所以，布尔热[2]倾向于认为

---

1 阿纳托尔·法朗士（Anatole France，1844—1924），法国作家、评论家，善于在作品中把广博的学识、对历史的迷恋、精妙的讽刺和优美的语言结合在一起。

2 保罗·布尔热 1887 年发表的小说《安德列·科尼利斯》（*André Cornélis*），讲述一个叫安德烈的年轻人具有哈姆雷特的性格特征和内心冲突，但其为父报仇的经历深刻展现了现代人的生活境遇，1915、1927 年两度被拍成电影。

民主体制在全世界范围内的胜利会让文明用广度换取深度，甚至预见了文明在一个平庸的个人主义的世界里被迫终结。"当人们谈论民主时"，《安德列·科尼利斯》睿智的作者说，"其实说的是个人主义在文化中逐渐消退的趋势。"这种严峻论断提出的问题里，对同时深信和热爱大革命成果（跟美洲的"创世记"也有光荣的关联）的我们来说，有一种极为生动的利益，而且从直觉上说还有一种可能性，那就是一种高贵的、自主选择的精神生活，其庄重平和任何情况下都不该因为众人的任性而被牺牲。为了解决这个问题，需要首先承认一点：人们对于理想，包括对物质利益，总有一种强烈的担忧，在此影响下，民主不会彰显，而是可悲地走向平庸，同时比其他政权更加缺乏有效的屏障，无法在适当环境下保证高雅文化不被破坏。民主把自己抛给自己，不再接受某种积极的道德权威持续纠偏，不再接受其进行提炼或者在生活的尊严方面发挥引导；民主会逐渐扑灭一切带等级的理念，尤其如果这些理念不能被转化为更大的、更果敢的利益斗争能力——那种斗争真是蛮力最粗鄙的形式了。精神的选择，无利益牵涉而变得高尚的人生，品位，艺术，风俗的渗透力，对所有坚持理想的崇拜感和最高权力的遵从感，都会在社会不公的地方变成没有抵抗力的弱点；

占统治地位、没有来由的等级被摧毁但又没有新的替换，在道德影响上只留下唯一的控制模式，单一的理性分类原则。

跟自然秩序中的同质性一样，社会秩序中的平等条件也处于不稳定的平衡状态。民主实施排除、成功消灭不公，但被征服的平等性仅仅意味着起点；不用怀疑，民主的确定性和光荣恰恰在于通过有效的刺激，在人心中激起"真正"优越性的宣示和掌控。

换到美洲的情境，准确描述我们社会体制真正概念的必要性，变得尤为急迫。我们的民主在匆匆成长，因为城市人口变得越来越庞大，加上众多的移民加入一个尚且不那么强大的核心，来考验融合工作是否积极，人的洪流能否以社会结构中已经稳定的世俗性，安定的政治秩序和已经深刻扎根的文化元素等方式加以疏导。仓促的成长把我们暴露在未来民主蜕变的危险中，会在人数的盲目力量下扼杀有质量的概念，会消磨社会意识中各种公正的秩序感，而且，任诸多偶然性进行等级排序的时候，可能导致最不义、无理的霸权大行其道。

毫无疑问，自私的心理，在品德不高的时候，也可能把我们引向热情。之前，填补道德沙漠空白的迫切需求使得一位著名作家说道：在美洲，统治即繁育人口。但这个流传甚广的论断隐含了一个问题，有必要提前避免狭隘的解读，因为有可能把一种文明开化的效率归因到人群的量化价值上。统治即繁育人口，先进行同化，再是教育和选择。如果社会中最高端的人类活动，决定精英文化那种，其出现和繁荣要求一个密集、大量的人口作为先决条件，那确实是因为人口数量很重要，通过复杂的分工，使得以质胜量的领导阶层形成。普通民众，无名的大众，仅凭自己根本什么也不是。根据是否拥有伦理化的高级领导，群众充当着文明或野蛮的统治工具。爱默生有一个观点，地球上的每一个国家应该根据居民中的少数人、而不是大多数来进行判断，他这个看似矛盾的话里有深刻的真理。一个民族的文明获得性格，从来不是出于繁荣的宣言、丰富的物质，而是其中允许并存更高层次的思考和感受方式。孔德也说过，在智性、道德、情感种种问题上，试图让量取代质是不明智的，再多的平庸头脑加在一起也比不上一个天才，再多的老好人加在一起也比不过一个慷慨或者英勇的举动。[1] 在用权力的普遍和平等构建我们的民主时，如果不注意让人类合理的优越性保持在一定高度，注

1　孔德在 6 卷《实证哲学教程》（*Cours de philosophie Positive*，1830—1842）中第 66 讲提到的观点。

意权威跟人民选票的联系，相当于批准了用低水平的数量来占据主导；大家不要被绝对平等的狡辩蒙住了眼睛，而要，我记得一个年轻的法国作家说的，"崇信诞生于自由的等级"。

如果一个政权不承认合理的不平等、用机械的统治观念取代（卡莱尔意义上的）英雄主义，这样的民主跟高水平的精神生活就会产生巨大的对立，造成严重的后果。在文明之中，一切不仅限于物质发达、经济繁荣的因素，都会成为一道"浮雕"，不久就被平庸的道德权威铲除。虽然没有出现干预的蛮力、出现暴民攻击文明的灯塔，但社会中较高的文化应该勇敢，有时带着重生的魄力，提防那些貌似和平美好的群众，以及他们所做的温和但有销蚀力的事；他们是庸俗化所不可避免的乌合之众，其阿提拉[1]就如《包法利夫人》中的奥默先生，以狡猾为英勇，服务于对伟大的本能排斥，擅长把一切拉平；他们的力量正常表现为不为所动的冷漠、数量取胜的优势，但也能产生巨大的愤怒、侵害的冲动。查理·莫里斯把它们叫作"普吕

---

[1] 阿提拉，古代欧亚大陆匈人最为人熟知的领袖和单于，史学家称之为"上帝之鞭"，曾多次率领大军入侵东罗马帝国及西罗马帝国，并对两国构成极大的威胁。

多姆的勇猛长枪党，以**平庸**为口号，以仇恨杰出事物鼓舞自己前进"。[1]

社会地位高了，这些普吕多姆会把他们的胜利意志化为一场狩猎比赛，追击所有表现出才能和勇气的人。他们的组织方式是一种以"任何人"为宗的民主，会为"众人中的一个"加冕。他们仇视反抗。在其统治下，所有出类拔萃会遭遇大理石雕像的问题，摆在一条坑洼的道路旁，随便一辆路过的车就可甩来带泥的一鞭。他们会把庸俗化的教条主义叫作智慧，把内心的小气干枯叫作沉着，把对平庸的完美适应叫作健康的原则，把雄壮的天真无畏叫作坏毛病。他们对于公平的理念会引他们取代历史伟人的不朽，要么将众人的身份全部遗忘，要么用米特里达梯六世（Mitrídates）绝对平等的记忆（传说他记得每一个士兵的名字）。他们搞共和的方式，仅仅满足于权威性认定福克斯[2]的尝试——福克斯出于有限的才能和不怎么高的品位，惯于以他认为完美的"乡村绅士"标准去实验一些项目。

1　查理·莫里斯（Charles Morris，1861—1919），法国评论家、诗人，在1889年作品《从前的文学》（*La littérature de tout à l'heure*）中将普吕多姆先生作为形容词，修饰中小资产阶级的无知和小气。

2　福克斯，这里应该指的查尔斯·詹姆士·福克斯（Charles James Fox，1749—1806），英国辉格党领袖。

这就接近了波德莱尔提到过的动物权力至上问题。[1] 莎士比亚的提泰妮娅在驴头上的一吻，[2] 很可以作为自由的象征、代表把爱泛泛施予平庸之人，这种可怕的后果，希望无论多有力的征服也不要出现！

看见身边有对平庸始终嗤之以鼻的，你们该高兴；劝他去做英雄，把他官僚化的温和变成拯救者的志业吧，这样你们会见识到反对人类精神一切美、体面、精妙的恨意、敌意，比雅各宾暴政的屠杀还要血腥——在他们的法庭上，拉瓦锡的智慧、舍尼埃的天才、马勒泽布[3]的尊严都成了罪，他们在国民公会司空见惯的吵闹中发出这样的声音：不要相信这个人，他写了一本书！以及，在把卢梭原始的"自然状态"作为民主主义理想时，他们很可能选择民主和文化之间的"表决不够多数"为象征——在卢梭那部以德行的名义抨击艺术和科学的成名作中，初版插图

1　动物权力至上（zoocracia）：参见夏尔·波德莱尔：《埃德加·爱伦·坡的生平及其作品》，《波德莱尔美学论文选》，郭宏安译，人民文学出版社，1987年，第168页。

2　莎士比亚《仲夏夜之梦》第三幕，朱生豪译，中国国际广播出版社，2001年。

3　均为法国大革命的牺牲品，在1794年被处决。拉瓦锡（Antoine Laurent de Lavoisier，1743—1794）是著名化学家，现代化学学科的奠基人；舍尼埃（André Chénier，1762—1794）在狱中创作的两部诗集深具古典主义美学，对后来的高蹈派有很大影响；马勒泽布（Chrétien Guillaume de Lamoignon de Malesherbes，1721—1794）出版了许多启蒙运动、百科全书派的作品。

画了一个不谨慎的潘神，因为渴望光、试图拥抱普罗米修斯手里的火炬，结果听到那位爱护人类的泰坦提醒：触碰这火，必将焚毁。[1]

平等的凶残在本世纪的民主进程中还没有表现出暴力，也没有冒失地反对智识文化的平静和独立，但是，平等主义，作为一头驯化之后会把攻击性转换为狡诈而又顺从的猛兽，在实用和庸俗潮流的平静外表下，可能成为反对19世纪民主的真正控诉对象——在这种民主面前，精细机敏的头脑都焦虑地思考着后果，尤其在社会和政治方面，担忧从来没有停止过。当代最高水平的思想，用激愤的力量把从大革命的喧哗中冒出来的关于平等的假概念从人类头脑中排除，同时坚持对现实和民主理论作严肃的考察，这样，你们这些建设未来的年轻人应当能找到出发点，不是为了破坏，而是为了教养现在看尚且站得住脚跟的政权之精神。

自从我们的世纪在思想的演进中展现出独立和人格，而德国的理想主义修改了18世纪哲学的平等乌托邦，（用恺撒式的危险倾向）推举历史上的个人英雄主义，孔

1　卢梭出版于1750年的《论科学与艺术》，为回应第戎学院"科学与艺术的复兴是否有助于敦风化俗？"的一篇征文并获得奖金。参见何兆武译本，商务印书馆，1959年。

德的实证主义——无视民主平等"古老的社会不平等现象暂时的消融剂"特点，用同样的确信否定人民主权的效率，在自然分类的原则中寻找社会分类的理论基础，想以此取代最近摧毁的等级。对民主现实的批判在泰纳和勒南那一代人身上开始凸显。你们知道，这个优雅豪爽的雅典人只喜欢那种社会政权下的公平，就像在雅典一样，"一种半神的公平"。泰纳写过《现代法国的起源》，他一方面把社会视为有机体，自然否定"统一"，也就是反对依附、从属的原则，另一方面，思维方面极其敏锐的直觉让他厌恶大众抢占山头。卡莱尔早就为英雄主义大声疾呼过，反对让所有人齐平的"冒犯之举"，推崇有理有据的优越性。爱默生也在民主最实证的意义上反映了这种声音。最新的科学把选择说成好像一切进步的需要。在艺术方面，也就是各种精细感官得到最自然表露的地方，要求感情的音符发出最深沉的共鸣，甚至可能在现代生活环境下被视为"奇怪"。要听到这些音符，不用寻求帕尔纳斯派[1]病态的高蹈，一种亚里士多德式的对现时的蔑视把他们幽闭在过去中；我们来看福楼拜经常得到的启发（福楼

1　帕尔纳斯派（Le Parnesse），法国 19 世纪文学流派，以传说中缪斯所居的希腊帕尔纳斯山得名。反对浪漫派，帕尔纳斯派要求诗歌客观化、科学化，重视诗歌的形式。

拜可是文学流派中最民主那支偏爱汲取的来源），他最痛恨平庸，靠数字拉齐水平、壮胆，实行不负责任的暴政。北方的当代文学对这些高一层次的社会问题同样忧虑，经常出现同一理念、同一情感的表述；易卜生借斯多克芒进行高亢的鼓动，"真理和自由最大的敌人就是那结实的多数派"；[1] 而强悍的尼采把受限的人性理想放到精神崇拜的对立面，后者远超过普遍水平，生动得令人眩晕。对修正社会精神的热情希望（以便对生活赋予英雄性、给生活一个更加纯净的体面和公平环境）如今活跃在各处，几乎可说构成了一种基本准则，是世纪末的黄昏对下个世纪和谐前景的许诺。

但是，从根本上说，民主精神对于我们的文明是一种无法反对的生存原则。当前由于它的"历史"缺陷而产生的不满，常常导致不公平的现象，被体制奉为绝对和高效。就此，勒南睿智的精英主义对民主基本原则作出了最明确的判断：权力平等；但这条原则完全背离了聪明才智统领思想的任何可能性，甚至可以用一个生动的意象表示"上帝之路的相反方向，因为上帝并不愿意所有人拥有同

1　易卜生《人民公敌》第四幕，《易卜生戏剧四种》，潘家洵译，人民文学出版社，1958 年。

等程度的精神生活"。大师这些奇特的悖论，加上他著名的智者主导的寡头政治理想，好比一种思想在梦里夸张、变形的增殖，是我们在值守精神时担忧的、真实又容易滋生的苗头。不了解民主的结果（因为还没有终结，没有让平等这一伟业跟社会选择的保障完全调和），在根本上等于是忽略科学类似的结果，因为从一个学派狭义的原则来看，可能某次也破坏了宗教性的精神，或者诗性的精神。民主和科学确实是我们的文明所依据的两块不可替代的基石，或者，用布尔热的话说，是我们未来命运的两位"工匠"。"在其中，我们存在、生活、行动。"不过，像勒南那样想着从一切道德制高点获取最积极的分量是不理智的——合理的等级，天赋智慧和意志的有效领导，打破民主平等还来日方长，现在只应考虑关于民主及其改革的教育，在人民感情和习惯中，逐渐形成必要的顺从思想、真正的优越的概念，以理智的眼光、有意识和自发崇拜加增人类价值的东西。

从这一效果出发，尤其以未来的思维看待，对人民的教育具有重大的意义。通过学校的手，让广大民众作为"黏土"得到塑造，学校是体现社会公平的第一个和最慷慨的地方，让所有人有机会获取知识、以最有效的方式达到卓越。学校应该完善这个高尚的任务，教育目标中再优先纳入、小心培养秩序感、追求公平的理念和意志、合法的道德权威感。

人们往往混淆和取消一些概念，其中最容易犯的就是教人认为民主平等意味着完全同等的**可能**，但实际上，在一个有组织的社会的成员中间，出于影响和威望，并没有完全同等的**现实**。所有人是有同等权力去追求道德高度，对实际达到的程度进行辩护、打下基础，但只有真正获取了道德高度才能得到实际高度的奖赏。真正的、值得持有的公平观基于相信每一个理性存在都由自然赋予了表现高尚的能力。政府的责任在于让每个社会成员各得其所地展现自我，在于预先安排好相应的条件，以便统一激发社会成员的不同才能，无论在哪些方面。这样，比起最初的平等，一切的不平等都将得到认可，因为那是大自然作出的神秘选择，或者意志的有效回馈。这样想的时候，民主的平等就不再跟习俗、思想的选择相冲突，而成为精神选择的最有效工具，文化的"天佑"环境。一切有助于智识能量统治的事物都会推动文化。所以托克维尔下了这样的断言：诗歌、雄辩、精神的美好之处、想象的光焰、思想的深邃，"所有上天自然分配的心灵之才"，都是民主事业的协作者，有时哪怕处于对立面也是在为民主服务，因为汇在一起，突出人类精神所能具有的最自然、非继承的伟大之处。[1] 比赛，可以调动起来的人中间最有力的刺激（就像思想活跃之于其他人类活动一样），需要在出发点上有平等，以便比赛持续下去，还需要不平等，因为最终目标是选出有能力、能力最强的人。只有一个民主政权才能在内部调和比赛这两种情况，不退化为平均主义，把人类在未来达到同等文化程度作为一个"至善性"（perfectibilidad）的美好理想。

理智地看，民主包含一个不受法律条文约束的贵族元素，那就是确立最优秀者的优越性，而且其成员自愿接受、普遍认可。所以民主跟贵族政治一样，都会突出质的优势，但民主倾向于真的优质——美德、性格、精神，不企图在不同阶层中间加以限制；贵族总想保持血统的特权，民主在人民的鲜活泉源中不断更新领导力量，把正义和爱作为接受它的条件。以这种方式，在最有天赋者被选中和占据主导后承认进步的需求，也就在社会秩序中免去了侮辱和痛苦的后果，这些在自然界和其他社会组织的竞争中，是失败者要付出的沉痛代价。"自然选择的伟大法

---

1 托克维尔（Alexis de Tocqueville，1805—1859），法国政治思想家，历史学者，将自由主义进行了理论化，支持个人的自由思想和民主范围内的贵族选择，此处出于其著作《论美国的民主》，参见托克维尔：《论美国的民主》（上下），董果良译，商务印书馆，1988 年，或曹冬雪译，译林出版社，2012 年。

则"，富耶 [1] 非常具有启发性地说过，"会在人类社会中继续实施，只是越来越通过自由的形式。"传统精英统治令人反感的原因在于从建立基础上说是不公平的，而从强制施加权威的角度说是压迫性的。今天我们知道，在人之平等的问题上，唯一合理的界限只在是否掌握见识和品德，并为大家发自内心地自由认可。不过我们也同样知道，这个界限需要切实存在。从另一方面说，基督教教义中，道德高度是权力动机，也主要是责任动机，精神在更高层次的人也以同样比例担负"做好事"的更高能力。尼采的反平等主义在我们可称为现代思想史的序列中留下了深刻的印记，他认为人达到优越地位自然内含了一些权利，在要求获得这些权利的时候，需要一种反动的、令人反感的精神；他否认一切友爱、一切心软，在他奉为神明的超人内心深处，对无所继承、无所依靠的人怀有撒旦般的蔑视，在意志和力量享有特权的人身上，他把"刽子手功能"合法化。自然地，他最终说出"社会不为自己存在，是为被选中的人存在"的话。这种怪物观念倒也不能像一面罗马皇帝的十字御旗，反对试图用共同平庸来拉齐所有人的

1　富耶（Alfred Fouillée，1838—1912）法国社会哲学家，将实证主义与性灵学说进行了融合，认为在社会决定论或无意识的冲动之上，理智和意志可以更多地发挥作用，最终达致个人的自由。

虚假的平等主义；幸好，只要世上还有两块木板能拼出十字的形状，也就是说，任何时候，人类总会相信爱是一切稳定秩序的基础，秩序中的等级高低应该只是爱的能力高低。

作为无尽的道德灵感的源泉，新科学提醒我们，在澄清生活法则的时候，民主原则如何可能在人的集体性的组织过程中，跟一种道德和文化的"贵族等级制"相调和。一方面，正如亨利·贝朗热[1] 在他有趣的书里再次指出的，科学的论断有助于在社会上确认、强化民主精神，揭示集体的努力有多么大的天然价值；小人物的成就有多大？就像任何普遍的活动中无名、被遮蔽的合作者所贡献的那么大。他像基督教一样凸显卑微者的尊严，这种新的眼光，在自然界中，把无尽小者的功劳，深渊下黑暗尽头的货币虫和苔藓虫，视为底层的建设者；从细胞原始和不规则的振动中，发现产生所有有机体的进化动力；在我们精神生活最不明显、最松散的现象中，展现一个有力的角色，哪怕是我们没有觉察的瞬间感知；再到社会学和历史学中，恢复大众的、有时被舍弃的英雄主义，个人英雄的光环

1　亨利·贝朗热（Henri Bérenger，1867—1953）法国作家、政治家，此处罗多指其 1895 年作品《精神贵族》（*L'aristocratie intellectuelle*）。

下，沉默否定的那一部分，使调查研究的缓慢积累变得可感——多少个世纪，在阴影中，在作坊或实验室里，被遗忘的工人们准备着为天才的伟大发现铺设道路。

当集体努力的不朽效力如此体现，并推动人们认可塑造世界的伟业中被忽略的贡献者，科学显示，在人和事的巨大社会中，等级顺序是一切进步的必要条件。在这个社会，以及个体的组成部分之间，依赖和顺从的关系是一个生存原则，也最终是对"模仿"这一普遍规律的内在需要，尤其如果把人类社会的完善，跟其中生动的、具有影响力的范例联系起来看，后者经"模仿"能把长处逐渐普及开来。

现在，要证明这两种普适的科学教育能够在社会组织和精神中互相妥协、转化为事实，只需要坚持一种高尚、公正的民主理念，一种真正追求人类优越性认识和情感的民主，在其中，智识和品德（人类根据品行获得平等的唯一界限）享受自由的权威和声望，真正出于爱意在人群中流传。

观察自然秩序的两大结果调谐的同时，根据贝朗热在同一本书里所记的，在一个相近的社会中，将实现这两种历史推动力之间的和谐，二者都向我们的文明输入了本质的性格，对生活的调整原则。确实，基督教精神滋养了平等的感情，但被精神和文化选择的某种禁欲主义倾向损伤了这种平等的感情。古典文明留下的遗产催生了秩序、等级感，包括对天才的宗教式尊重，也被鄙视卑微和孱弱者的某种贵族偏见所损害。未来会把关于过去的两种认识提炼成一种不朽的配方。到时候，民主将获得绝对的胜利。民主用抹平一切的刮刀来威胁人的时候确实不怎么高明，也从反面证实了一些人愤怒的反抗和苦涩的怀念，他们认为自己被民主的胜利牺牲了某项才智、艺术梦想、生活品位。民主会比旧式贵族有更强大、更不容反抗的力量，培养心灵之花。

V

作为人类目标的功利概念，和作为社会规范的中庸平等，两者紧密结合组成了欧洲习惯所称的"美国精神"。当人们思考这两种个人行为和社会运转的动机，并且跟与之对立的概念作对比，头脑中必然会不断出现强大、丰富的民主制度的画面，在北方炫示着繁荣和力量，宛如耀眼的证据，证明其体制和理念之正确。如果说英国是"实用主义"之道，那么美国就是道成肉身，而这个词的福音因为物质奇迹的胜利而传遍世界。在这个意义上，西语美洲已经不完全是异教徒之地，强大的美利坚合众国对我们进行了一种伦理上的征服，对她伟大力量的崇拜正大踏步地侵入我们领导阶层的灵魂深处，而普通大众也许尤甚，更容易被成功的魅力迷倒。从崇拜极容易演化为效仿，心理学上看，崇拜和信仰已经是消极的效仿，白芝浩就说，我们的精神本性趋于模仿，因为灵魂深处愿意信。日常的感觉和经验也可以建立这种简单的联系，人总是效仿他们相信优于自己且具有威望的人。由此，一个略去征服战争自发去拉丁化、效颦美国的美洲形象，开始漂浮在许多真心为我们未来着想的国人的梦想上，亦步亦趋带来极大的满足，在此基础上再作些创新和改革。我们当中也有一批美国崇拜者。不论从理智还是情感上，我们都有必要提醒其局限性。

说局限性并不是绝对的否定。我十分理解从强大者的例子里可以获取启发、光明和教导，不可否认，聪明地把目光放到外部、能反映有益和有用之物，是一件特别高效的事，对尚在建立和塑造国家的群体尤为重要。我也明白人们希望通过坚持不懈的教育，校正所处社会的某些特征，以满足文明的新需求、生活的新机遇，借助革新的影响力来平衡遗产和习俗，但我看不到成功，无论转变本民族"人格"气质的企图（牺牲他们精神上不可取代的独特性，用一种外来的模式强加认同），还是以为人为、即兴的模仿就能成功的天真信念，都将是枉然。把一个社会中自然自发的东西强行移植到另一个没有天赋或历史根基的社会，这种做法就像米什莱所说，是试图将一个死去的东西轻易加入一个活的机体中。在社会性上，如同在文学和艺术领域一样，未经考量的模仿只会扭曲模型的线条。有些人以为精确复制了体制、机制、习惯的外部形式，就从根本上复制了另一个人群的特征、精神活力，从而获得了他们成功和繁荣的秘诀，这让人想起那些天真的学徒，以为掌握了师傅的手艺，实际上只会复制风格的形式、创作的流程。

在这种无用的努力当中，还有一种说不出的不体面。有权有势的阶层、胜利者、幸运儿热切的效仿，还可以看作是政治上的势利，而那些没有得到天分和运气垂青的人，精力被残酷地消耗在对社会上层任性易变的徒劳效仿中，就叫作奴性的屈服，将永远沦为萨克雷的嘲讽对象。小心维护内在独立——人格的独立，原则的独立——是自尊的最主要形式。在伦理学著作中，经常讨论西塞罗的一个道德规范，他认为，每个人都有责任热心维护和保持自己的个性（区分我们、决定我们的任何一点），只要不违背善、尊重自然的原始动力（或者说自然把世界的秩序与和谐建立在个性天赋的不同分配上）。我想，把这一原则集体应用到人类社会的"性格"上会更显著。也许你们听说过，当今社会，无论一个多么独特、多么清晰的印迹都不必强求完整和永久流传。我们民族性格里缺的，也许就是对"性格"的明确界定。在这种缺乏区分、自觉的情况下，我们拉丁系美洲人有一份种族遗产、有伟大的民族传统需要保存，这是将我们和史书中的不朽篇章联系起来的神圣纽带，把未来的延续寄托在了我们身上。世界主义——为了自身成长而不可抗拒的需求——并不排斥对过去的忠诚，也不排斥民族精英决定性的前驱，把构成未来美洲人的各种元素熔铸一身。

我们不止一次地看到，历史上伟大的革新、伟大的时代、人类发展进程中最光辉丰饶的时期，几乎总是两股不同的、并存的势力角逐的结果，通过对立的协调，保持生的兴趣和刺激，否则便会在绝对统一的平静中耗尽消亡。也就是说，雅典和斯巴达这两极之间有一道轴，环绕它旋转的是人类最天然、文明程度最高的特质。现在美洲需要保持其构成中独特的双重性，让同时从两极放飞两只雄鹰、让它们同时抵达统治疆界的神话变成历史中的现实。这种天分上的、竞争性的区别并不排斥、反而容纳，甚至在许多方面有利于团结统一。如果我们现在能预见到这种更高级的和谐成为遥远未来的模式，那就像塔尔德[1]所说，不应该出于一个民族对另一个民族**单边的效仿**，而是双方相互影响、双方优点糅合的结果。

有些人把那种文明尊为唯一且绝对的模式；在对它理智的研究中，要制止把它奉为圭臬的狂热，还有一个比"放弃自身独特性让人愤怒不适"更有力的理由，这就跟我对你们说这番话有直接联系了，咱们来仔细推敲下模仿的内部机制。

如同高水平的决斗，对美国人进行严肃评论应该以一个绅士的敬礼开始。这对我来说不难。忽略他们的缺点、否认他们的品质没有意义。套用波德莱尔在其他问题上提取的一个悖论，美国人生而具有对自由的**先天经验**，既忠实于来源地的规则，又会用级数般的精确和稳定来执行他们组织机构的基本原则，历史由此得到统一，虽然摒弃了不同的才能和作为，但却获得了一种逻辑理智之美。他们在人权年鉴中留下了不可磨灭的足迹，因为是他们首先从乌托邦的幻想和不确定的试验中培养出了现代的自由概

1　塔尔德（Jean Tarde，1843—1904），法国社会学家、犯罪学家、社会心理学家。

念，并将其变成不朽的铜像和活生生的现实；因为他们用实例表明，把"共和"不可动摇的权威扩展到一个如此庞大的国家中是可能的；因为凭借联邦制度，他们向世人显示——正如托克维尔兴奋的表述——大国的荣耀和力量可以同小国的福祉及和平协调共存。这是回顾本世纪成就的时候最应该突出的地方。他们奏响人类文明中伦理之美的最强音，向世人充分展示劳动的伟大和力量，这是他的光荣；劳动的力量在古时被扔给奴隶制，现在受到祝福，建立在"个人成就"的意识和行动中，被认定为人类尊严的最高表达；他们强壮、坚韧，以不作为为耻，把车间交到技工（mechanic）手上，把传说中赫拉克勒斯的狼牙棒交到农场主（farmer）手上，给能人们系上锻造工的皮裙，赋予一种崭新的、意想不到的美。每个人都前去征服生活，就像当年清教徒征服荒漠。他们坚信每个人都有力量做自己命运的主宰，在一个以鲁滨逊为范式的想象的整体中塑造了一种社会性，通过自我救助的形式大致浇铸出性格，然后开始更精细的雕琢。在不牺牲"个人"这个主权概念的前提下，他们创造出联合的精神，一个伟大统治中最令人钦佩的工具，又以科研、慈善、工业为先导，从个人力量的总和中获得惊人的结果，跟从个人自主的绝对完整力量中得到的一样多。他们有机警的、不容易满足的好奇心，和对所有事物急切的占有欲；热衷国民教育，用炫目、富有成效的偏执，把学校变为社会繁荣最稳固的铰链，把孩童的心灵变成一切珍贵事物中最受关怀的宝贝。美国文化远称不上精致或有灵性，但只要是为了实现短期目标，总会展现令人钦佩的效率。他们没有对科学上的收获加诸普遍法则或唯一原则，但在实用中把科学变得神奇，在日常中把科学放大，在蒸汽炉、发电机里，为世界带来亿万个隐形的奴隶，给人类这个阿拉丁带来百倍于神灯的力量。他们伟力的增长在未来也将给人带来不断的惊诧。他们用难得的即兴创造力，制造出对时代的冲击；由于强大的意志，终将有一天，绝对的孤独中能流出本世纪创造的可积累文化的总和。他们早已享有清教徒的自由，又得到持续的仁慈的照拂。工厂旁，学校边，强有力的双手还修建了众多教堂，从那里的祈祷中挥发出无数的自由意识。他们知道从理想的普遍沉没中拯救出最高的理想，让一种宗教感情的传统保持活力，这种宗教感情即使不能以细腻深沉的精神性翅膀起飞，至少在一定程度上，于实用主义的喧嚣困境中牵住了道德意义的缰绳。他们同样知道在文明社会的繁缛中，保持某种茁壮的原始印记。他们像异教徒般崇拜健康、灵敏和力量，在肌肉中为意志的美好乐器调音，对培养一切人类活动的精力怀有不可抑制的渴望，要为自由人的心灵塑造田径运动员的体魄。从他们文明的交响中，从他们文化的和弦中，响起一个乐观、自信、充满信仰的主音符，使心灵鼓胀起来，在固执高傲的希望引导下走向未来；诗歌《更高的目标》和《人生颂》[1]中的音符，如同诗人笔下的灵丹妙药，治愈奋斗和行动的哲学之苦。

美国提坦巨人般的"美"由此强加给所有人，哪怕已经注意到其天生的巨大不平衡，抑或近代历史上的暴力，最有准备的人也无法躲避。你们可以看出，我虽然不喜欢他们，但我敬佩他们，首先敬佩他们"想要"的巨大渴望，正如费拉雷特·沙勒[2]对他们先辈的评价——对他们创建的培养意志和工作的学校，我谨拜服。

"太初有为"，借助《浮士德》这精辟的一句，一个强大、尚未终结的共和国，可以让一位未来的历史学家以此开篇《创世记》。跟物力论者眼中的宇宙一样，这个国家的精髓可以定义为"不息的力量"，首要地，他们拥有行动的能力、热情和志趣。意志是在坚石上雕出这个民族的凿子，有两种代表性的浮雕——独创和大胆。他们的

1　参见郎费罗：《郎费罗诗选》，杨德豫译，广西师范大学出版社，2009年。
2　费拉雷特·沙勒（Philarète Chasles，1798—1873）法国作家、文学评论家。

全部历史就是一种雄性的冲击力爆发的结果，代表人物名叫"我想要"，正如尼采笔下的超人。那把他们集体从庸俗中拯救出来的，正是这种非凡的能量，传布各处，给利益冲突和物质生活都打上某种史诗般伟大的烙印。因此，保罗·布尔热说芝加哥和明尼阿波利斯的投机商行事之英勇，攻守的态度足以跟拿破仑麾下的老近卫军相匹敌。[1]美国的能人们貌似凭借这至高的能量获得了——斗胆催眠了——命运的默许和暗示，竟然还能再见证天赋异禀者，比如爱伦·坡，没有人会否认他在美国社会是一个异数，他优异的精神是国家精神里一个不被吸收的颗粒，正因为如此，他带着无尽的孤独感奋力挣扎。不过，波德莱尔敏锐地指出，坡笔下的主人公还是有一个基本的调性：超越人类的淬炼，意志桀骜的反抗。当他塑造丽姬娅，他写过最神秘最可爱的人物时，便用其眼中永不熄灭的光芒象征了意志力对死亡的胜利。[2]

好了，我真诚地认可了美国这个强大国家的光辉和伟大，完成了对她公正、尊重的仪式，现在希望提一个有趣

1　应出于保罗·布尔热1895年的杂文《海外省》(*Outre-mer. Notes sur l'Amérique*)。
2　参见爱伦·坡:《爱伦·坡短篇小说集》，陈良廷等译，人民文学出版社，1998年。

的问题：美国社会实现了，或至少想要实现，理性行为的理想吗？这种理性行为可得满足精神的合理要求、满足我们文明对智力和道德达到合理水平的要求。在美国社会，我们是否能指认最接近于"完美城市"的形象？她内部仿佛成百倍加剧的躁动不安，是否有值得的目标、有充分的理由？

赫伯特·斯宾塞在纽约一个宴会上，以对美国民主诚恳的敬意，指出过美国生活的基本特征：各种形式的工作激情和物质扩张，几乎呈漫溢的态势。他随后指出，美国人行事的目的都出于即时的"用处"，显示出一种存在的观念，一方面无疑是宽容的，是这个文明目前的性格，是其文化初期的任务，但仍然有待改进，因为它把功利的工作变成了人生终极和至高的目标，这极其非理性，不过是对人总体、和谐存在所需元素的机械堆积。他还补充，应当向美国人宣讲休息和娱乐这两个福音，将这两个词最高贵的意义跟古代伦理学家宣扬的"闲散"（ocio）等同起来，在对不眠不休的工人们讲道的福音书中，厘清对理想的追念，对时间无利益追求的应用，而非指向即时可用的目标。

美国生活实实在在地体现了帕斯卡尔（他对幸福有热切的追求，但也没有超越自身的局囿）指出的一个恶性循环：繁荣的程度如此之高，以至于不能满足于对人类命运的中等构想。美国文明这样一个浩大的工程，由于所代表意志的沉重压力，由于在物质增长的所有领域取得了前所未有的胜利，无疑在整个群体中制造出了一种特殊的"不足"和"空虚"感。如果我们根据过去三千年由古典精神和基督教精神引领的历史，要问美国的主导原则是什么，理念基础是什么，有比打动那个巨大群体的实证效益更高的目标吗，答案可能还是对于物质胜利的绝对焦虑。美国没有能作为指引的深远传统，不知道如何设计更高的、非逐利的未来，来替代往昔激动人心的完美经验。他们只活在眼前的现实，所做一切都是个人和群体受益的利己行为。他们拥有的财富和权力就像《谎言》作者描述他笔下诺伯特侯爵的头脑：一堆不知如何点燃的柴——少了一点有效的火星，从充足的燃料中引发不安分的理想之焰。[1]无论全国性的自我主义（缺乏更高的推动力），还是作为"民族"的骄傲和排外（这两点在古代改造并丰富了古罗马平淡而单调的生活），都不能发出理想或美的微光，因为这个群体里存在大都市特有的、将民主误解为"原子化"的混沌，阻碍真正的民族意识的产生。

可以这样说，大国神异的实证主义在向被解放的美

1　应出于保罗·布尔热 1887 年的小说《谎言》(*Mensonges*)。

洲儿女传递时经历了蒸馏，去除了所有可以调和它的理想元素，最后的基质就是人们偏激或嘲讽时归结于英国那部分。英国精神，在功利主义的粗糙外壳下、在重商主义的冷漠中、在清教徒的严肃背后，其实隐藏着精心的诗意，以及对感性的深刻推崇，在泰纳看来，这反映出英国民族最初始的背景，她的日耳曼出身（在征服外族和商业交往的过程中被不断修改）实际是极为推崇情感的。美国精神没有继承祖辈诗意的本能，这本能如清泉，但要有艺术之灵的摩西才能从大不列颠的磐石中击出。英国人的贵族制度，无论在政治权力问题上看起来有多么不合时宜和不公平，总保留了一个高大坚固的堡垒，能抵御流行的重商主义和庸俗的征服；这个堡垒是如此高大和坚固，以至于泰纳本人宣称，自古希腊城邦直至今日，历史上还没有其他地方能提供这样适宜的生活条件，来培养和提升人类高贵的情感。在美国民主制度的大氛围中，庸俗化的蔓延没有遇到任何阻挡，如同驰骋在无尽的潘帕斯草原，一路扩张，畅通无阻。

在这片幅员辽阔的土地上，所有敏感、智慧、风俗都患有严重的"选择无力症"，再加上其物质活动和政治生活的机械秩序，使得一切和理想相关的事物都呈现严重的混乱。从外部到本质、从表面至核心，随处可以看到这种

无力症的表现。美国人爱挥霍——人们说得对，阿巴贡[1]
那样的悭吝在美国人这里没有落脚之处——凭借财富取得
了盛大的满足和虚荣，但是，他们没有取得好品位的格
调。在这种环境下，真正的艺术只能以个人反叛的形式存
在，爱默生、爱伦·坡在美国就像由于严重的地质灾害、
被驱逐出原生环境的稀有物种。布尔热在《海外省》中描
绘了追逐财富的美国人严肃、着重语气谈论艺术的样子，
他们是自助（self-help）的千锤百炼的英雄，企图吸收人
类所有的精致之处，来为他们竞争激烈的阶层流动加冕。[2]
但当他们构想这个刻意强调的活动时，从来没上升到神圣
的程度，只把它当作一个满足躁动的新动力，一个虚荣的
奖杯罢了。他们忽视艺术非功利、面向少数人的问题，尽
管天纵之才常常致力于塑造精致的美感，尽管城市炫示着
雄伟的博物馆和辉煌的展品，尽管广场遍布大理石和青铜
雕塑；如果有一天，这个国家的名字跟某种艺术品位联系
在一起，那一定是对艺术本身的否定：一味追求繁复效果
的生硬、不了解任何柔美或精微的调子、推崇假大空、感
官化——快节奏的生活排斥高贵的沉吟。

1　莫里哀戏剧《悭吝人》中的著名吝啬鬼形象，参见莫里哀：《莫里哀喜剧选》，
　　万新、赵少侯、秦永译，人民文学出版社，2002 年。
2　出于保罗·布尔热1895 年的杂文《海外省》。

严肃的清教徒的后代们对"美"的理念无动于衷，他们对"真"同样缺乏热情。他们蔑视一切没有切近目的的思考，觉得那是无用和贫瘠的。他们对科学没有不求回报的真理之爱，从未显示爱科学本身。科学研究对他们来说，只不过是实际应用的先期考察。他们努力推广普及教育，怀有把基础知识传播给更多民众的崇高目标，但似乎并没有迹象表明他们在选择、提升教育，以便帮助那些雄心勃勃的精英超越平庸大众。因此，他们对无知发起的持久战，造就了大众的半成品文化，也造成了高水平文化的深度疲软。更优越的智慧和天赋，以与完全无知同样的比例，在这种庞大的民主氛围中逐渐减少。于是，她思想活动的历史成为灵感和原创性逐渐萎缩的过程。在独立战争和建国时期，曾涌现许多杰出的名字，成为美国民族思想和意志的代表；半个世纪后，托克维尔便意识到"神灵们离开了"，他写作那部伟大作品时，在波士顿这个清教徒的堡垒、集传统之大成的城市，依旧还活跃着一批本世纪思想史上具有世界级重量的杰出人物，可眼前，谁继承了钱宁、爱默生或爱伦·坡？中产阶级大规模地、迫不及待地扩张，使得美国尚不稳定的知识分子阶层仅有的一点性格也趋于消失。她创作的翅膀已经有很长时间未能飞到世人期许的高度了。当下，真正反映美国品位的文学作品已沦为灰色的新闻界,远不如当年《联邦党人文集》提供思考的东西多。

在道德情感方面,实用主义的机械驱动遇到强大的宗教传统的调和,但仍没有顺从纯粹的无私原则。美国人的宗教性,作为从英国衍生而来的一个极端的分支,充其量不过是刑事立法的辅助工具,一旦功利主义伦理获得信仰的权威,正如约翰·穆勒所期望那样,[1]宗教立刻就会让位。美国的伦理高峰当属富兰克林,他提出一套行为哲学,推崇诚实的中庸、实用的谨慎,没有神圣性,也不产生英雄,在人生的坦途中能为科学提供苹果木制的手杖,但上陡坡时就成了一根易折的树枝。这还是该体系在高峰时的情形,真正的现实需要到低谷里去找,即使不必从富兰克林衡量过的功利主义进一步下滑——托尔维克已经有预见性地指出,一个在如此责任有限的情形中教育出来的社会,被迫的终结也许不会显出绚烂的颓废(由帝国消亡之恶那撒旦般的美来丈量),而是一种苍白平庸的物质主义,以及梦想黯淡的神经衰弱,出于所有道德生活悄无声息的解体。那时的行为准则倾向于将克己和美德放在

---

1 约翰·穆勒(John Stuart Mill, 1806—1873),也译约翰·斯图尔特·密尔,19世纪英国著名的经济学家、哲学家,最具影响力的古典自由主义思想家之一,一生著述颇丰,如《论自由》《功利主义》等。

义务范围以外，而现实将义务的框架越缩越小。不过物质繁荣派，作为共和国朴素的不充分证明，已经将理性行为的概念从原初的含义扩大并获得认可。继富兰克林的理论之后，还出现了不少代表其国家智慧的理论，不到五年之前，全美所有城市举行公投，以参与数和批判性明确建立了新的道德法则；从清教之城波士顿，《奋力向前》的作者奥里森·斯韦特·马登[1] 庄严宣布，成功应该成为人生的最高目标。这一启示甚至在基督教徒中间也产生了回音，被拿来跟肯培的《效法基督》[2] 进行比较。

美国社会内在携带混乱的病因，公共生活并不逃避这种混乱加剧的后果。任何一个平庸的观察者，在考察她的政治风俗后，都能告诉你们：对功利的痴迷往往会使权利感在人们内心中逐渐减弱。公民价值——汉密尔顿们当年眼中的美德，就像一块生锈的钢板，在传统的蜘蛛网中被日渐遗忘。一切都是可出卖的，这从公众投票传遍社会各

1　奥里森·斯韦特·马登（Orison Swett Marden, 1850—1924），著名的《成功》杂志创始人，被誉为美国成功学的先驱和美国著名"新思维运动"励志作家；《奋力向前》（*Pushing to the front*）是他 1894 年出版的作品，在西语世界传播甚广。

2　托马斯·厄·肯培（Thomas à Kempis, 1379/1380—1471），又译肯培的多马，德意志修道士和作家，著有《效法基督》（*The Imitation of Christ*，又译"遵主圣范"或"师主篇"）等灵修名篇。

方面。平庸的政府把改善国民性格和智力的尝试化为无用之举，只以自己领域内的有效性为依据。至于民主，人类迄今还没有找到一个更高的、教育人的理念的调节器，于是民主沦为对数量的粗暴追求，损害了自由在精神上最好的效果，也在观念上造成对他人尊严的不尊重。此外，现在有一股可怕的力量在涌起，以最糟糕的方式和数量绝对主义对抗——托拉斯我们都熟悉了，生产的主宰、经济生活的主人；以无所不能的托拉斯为盟友、为代表的财阀政治，无疑成为这个伟大国家当前最值得关注的特征之一，这种财阀集团的形成使人联想起罗马共和国末期暴富、特权阶级的来临，预示了自由的毁灭和恺撒们独裁的开始。对物质增长的一味追求成为北美文明的灵感，它凌驾于政治生活和其他领域之上，使大胆和狡黠的为生活奋战（struggle-for-life）成为第一优先，其残酷的实施效率，从爱默生的"表现"角度看，成为国家能量的最佳代表，或者说是泰纳笔下的"典型"人物。

除了精神生活加速恶化，理想缺失、功利至上，还有一个推力体现在这个国家空间上的惊人扩张，把大批的人及其改变命运的动力移植到广袤的西部，那里独立战争时期还是掩藏在密西西比丛林后的神秘大地。实际上，这个新开发的西部——相比大西洋沿岸各州飞速成长起来，还可能在不久的将来成为霸主——才是当今北美生活最忠实的代表，正是在西部，从建国时期就引导北美强大民主制度的精神开花结果，向世人炫耀其合理性和硕果，凸显在观察者的眼前，为人们想象这个伟大民族的未来面貌提供出发点。继弗吉尼亚人和扬基之后，昔日荒凉平原的驯服者成为新的代表，对此，米歇尔·舍瓦利耶在半个世纪之前就说过，"总有一天，最后的会成为最先的"。[1]去除所有道德理想的功利主义，模糊的世界主义，以及血统不纯的民主所造成的"整齐"，将获得最终的胜利。美国文明所有"高级"的元素，所有那些和她慷慨过往相连、奠定尊贵历史的东西——"五月花"号船员的遗产、弗吉尼亚名流和新英格兰绅士们所留下的记忆、公民精神和解放黑奴的努力，都将留在波士顿和费城为代表的老州，所谓"华盛顿传统的圣武士"。芝加哥崛起了。她相信自己优于大西洋沿岸的对手，这种信心源于对方过于"反动"、过于欧洲化、过于传统。如果选择机制只是卖官鬻爵，历史便不会授予头衔。

---

1 米歇尔·舍瓦利耶（Michel Chevalier，1806—1879），法国经济学家，积极支持自由贸易和法国向南美洲扩张，在 1836 年《关于北美洲的信札》（*Lettres sur l'Amérique du Nord*）中提出了相对于盎格鲁撒克逊美洲的"拉丁美洲"概念。

随着北美文明"天才的"功利主义日渐明确、直白（也狭隘），在物质繁荣带来的陶醉中，她的儿女们也愈加迫不及待地宣扬她，并赋予其古罗马导师般的地位。他们表露无遗地渴望成为世界文化的"大主教"、理想的领袖，并自认为是一种未来主导文明的铸造者。拉沃拉叶[1]在他半讽刺的《巴黎在美洲》中，借一位已经美国化的巴黎学生之口指出，教育应当加强民族自豪感，这是从来的重中之重；这一点在今天任何一个美国人口中都会显得极其诚恳。他们公开和欧洲竞争，这种明显的意图深处，有一种天真的轻视，还有一种深刻的确定，认为自己注定将很快让对方的优越感和荣耀失色，在人类文明的变革史上再次证明那古老神秘的定律——教会徒弟饿死师傅。如今我们看待"自由"和"有用"有了巨大的进步，美国人贡献不可谓不大，公平地说，可称得上是普世的、全人类的，但若想要说服正走向新白官的美国人：这些贡献还不足以让你们成为新的世界轴心呢，他们是听不进去的。同样，他们也不会明白欧罗巴雅利安人持续的天赋从三千年前，文明荣耀的地中海欢快地戴上雅典城邦的花环时，就

1　拉沃拉叶（Édouard René Lefèbvre de Laboulaye，1811—1883），法国政治家、法学家，主张废除奴隶制；1863 年出版《巴黎在美洲》（Paris en Amérique）。

在留下印记；他们的传统和教义影响至今，其结果不是华盛顿加爱迪生就可以画上等号。美国人会寻求重修《创世记》，占据第一页，但除了在复兴人文教育方面所分配的角色相对不足之外，他们自身的特点也阻碍其成为霸主。大自然没有赋予他们宣传的天赋或成为使徒的才能。他们缺乏一种更高的才能——最积极意义上的"友善"，缺乏那种非凡的同情的能力，相反，那些被赋予教养天职的民族就是凭借这种能力，创造出接近希腊经典之美的文化，让每一个人都能在这些文化中找到对自我的印证。这种文明可以引发，或者实际已经引发了丰富的联想和实践，令人钦佩、惊叹、尊敬。然而，当一个外来者在海上遥遥望见美国的巨大标志——纽约港高举火炬的自由女神像，巴托尔迪[1]的杰作，像古代的旅行者在阿提卡清冷的夜晚，看到雅典卫城的金色长矛在宁静纯洁的远方闪耀，心里能唤起深沉的、宗教般的虔诚感吗？

你们注意一下，当我以精神权力的名义，否认美国功利主义这一"作为文明的总和或楷模"强加给我们的典型特征，我并不是想说他们的成就在我们称为"灵魂意义"

1　巴托尔迪（Frédéric-Auguste Bartholdi，1834—1904），法国著名雕塑家，自由女神像的作者。

的方面一无是处。没有扫荡和建设的手，那支撑沉思者额头的手也不得安宁；如果没有获取某些物质福利，人类社会也是不可能掌控精神领域的，对此，贵族式理想化的勒南同样表示认可，他从人类道德利益以及其未来精神选择的角度出发，强调本世纪功利主义的意义，他说："从必需之中崛起便是救赎"。[1] 在遥远的过去，当商人们进行庸俗、盈利的活动，第一次将一个民族和外族联系起来，就在使人产生理想方面留下了不可估量的作用，因为他们有效地推动了各地制作知识工具，使粗鄙的风俗变得温和高雅，进而，如果条件适宜，产生更先进的伦理规范。这一积极的动力有利于产生人类文明中最佳的理想型。意大利共和国的商人们积累的黄金——据圣·维克托[2] 所说——"为文艺复兴买了单"。从《一千零一夜》故乡归来的远洋船，装满各类香料和象牙，使得洛伦佐·德·美第奇在佛罗伦萨交易所举办的柏拉图式宴会得以不断花样翻新。历史无可辩驳地显示出功利和理想主义活动之间存在相互引导、相辅相成的关系，实用常常充当理想的强大盾

1　出自勒南 1890 年作品《科学的未来——1848 年思想》(*L'Avenir de la science, Pensées de 1848*)，赞许贫苦阶层为提高生活和文化水平所作的努力。

2　保罗·德·圣-维克多 (Paul de Saint-Victor, 1827—1881)，法国文学评论家，尤其推崇浪漫主义。

牌，反之，理想也常常产生实用的结果（并不是直接计划的）。白芝浩就曾指出，如果没有古时候那些闲散的梦想家们（往往并不被同伴们所理解），如果不是他们喜欢观察天空和天体，绝不可能有后世航海远征为人类带来的巨大利益。这个道理告诉我们，要尊重那在艰苦的世俗领域耕耘的臂膀。美国实证主义的结果最终还是会为爱丽儿的事业服务。那个独眼巨人般的民族，凭借对有用的感知和令人钦佩的机械发明能力，在物质利益中获得的战利品，会被其他民族，或者未来的她自己，转变为有效的选择范围；这就好比人类精神领域最美好、最基本的收获——让词语插上不朽翅膀的字母表，就是从迦南的商行里诞生的，是商业文明的发明，当时纯为商业目的而使用，全然不知高等文明会将其脱胎换骨，变为宣传更纯粹、更耀眼的思想精髓的途径。福伊雷做了一个恰当的比喻，认为实用物产和知识道德资产之间的联系，就像力量对等问题的一个新层面，运动可以转化为卡路里，物质优势同样也可以转化为精神优势。

然而美国生活时至今日并没能成为这种必然联系的实例，也不像一份可期未来的荣光。未来难以推断，我们只能倾向于相信，有更好的命运在等着那个文明。尽管在她生机勃勃的马刺下，她短暂的历史可以满足巨大演变所需的生活成本，但相对于未来，她的过去和现在都只不过是一个序言罢了；所有迹象表明她离形成最终的公式还相差甚远。她吸收同化的能力使她保持了某种一致性和协调性（尽管塑造其性格的种族因素后来遭遇了许多外族的入侵），但仍然面临日益艰难的战斗，去除理想的功利主义无法提供足够强大的引力以保持团结。一位杰出的思想家曾经把古代社会的奴隶和一个未被社会机体吸收的粒子相比，也许也可以用到现在的情形：这个源于日耳曼的强大垦殖者群体，在中部和遥远的西部扎下根来，天性、社会化习惯和风俗上都保持了日耳曼的特征，而这个特征在其诸多深层和活跃的方面，应该说是美国特征的真正对立面。另一方面，一个注定要在世界上生存壮大的文明，一个没有木乃伊化、像亚洲帝国那样僵死，没有失去变通能力的文明，也不可能以唯一、排他的方式无限期地占据能量或思想的领导之位。

这个巨大的社会有机体目前是意志和实用的化身，愿她有朝一日也能够成为智慧、情感、理想的代表。我们希望从这个硕大的熔炉里，最终可以涌现出人性、慷慨、和谐、精英的典范，正如我们已经引用过的斯宾塞的一次演讲，预言这个高昂的重铸过程完成。但这不要在美国当前的现实或近期的未来去找，我们不要奢望看到一个模范文明的出现，她现在还只是一个粗疏的草图，还需经过一系列的纠偏，才能获得安详和坚定的态度——发展到极致、光荣加冕的文明所应有的态度，正如勒贡特·德·李勒[1]在《神鹰的梦想》结尾用宏伟的笔调所表述的，以奥林匹斯山神般的沉着强有力地振翅，越过科迪勒拉山脉的座座高峰。

VI

面对后代，面对历史，所有伟大的民族都应该像一株植物，和谐地舒展，孕育结果，用精纯的汁液向未来奉上芳香之理想、种子之丰饶。没有这种持久的、人文的、超越转瞬即逝实用目的的硕果，帝国强大将不过是人类历史上一场梦境，如同个人梦中的情景，并不能构成生息死灭

---

1 勒贡特·德·李勒（Charles Marie René Leconte de Lisle，1818—1894），法国巴纳斯派诗人，出生于印度洋上的留尼汪岛，少年时期被父亲送到印度旅行，后回到法国上学，主修希腊文、意大利文和历史，1852 年诗集《古诗》（*Poèmes antiques*）、1862 年《野诗》（*Poèmes barbares*）和 1884 年《悲诗》（*Poèmes tragiques*）表达出对古代、异域的向往，1886 年被选为法兰西学院院士。

中的一环。

伟大的文明，伟大的民族，所谓无愧历史，就是即便在时间中物理消亡了，其精神奏出的旋律仍旧鲜活，不朽的遗产后世长存，正如卡莱尔借"英雄"之口发自内心的话："仿佛万物之和的一个崭新神圣的部分"。[1] 如此，在歌德的诗中，被召唤进尘世的海伦重降幽暗的冥府，只留下衣服和面纱在浮士德怀中；这些衣物不是女神本人，但被女神穿过，便获得她神的高贵，能托起浮士德，使他远离一切凡俗。[2]

一个完全有组织的社会，如果将其文明局限在积累大量的物质繁荣，正义观是在民众中完全均分财富，那么它的城市就和蚁窝蜂巢没什么两样。城市的稠密、壮大、宏伟，并不足证一种文明的恒久有力。大城市无疑是高等文化所必然的组织形式，它是精神最高表现的自然环境，基内也说"寻求在人类世系密切的交流中汲取力量和能源的灵魂，成为所谓伟人的灵魂，是不可能在小城镇的小圈子

1　Thomas Carlyle: "A New Divine Portion of the Sum of Things", *Oliver Cromwell's letters and speeches*, New York: Charles Scribner's Son. 1845, p.207. 参见托马斯·卡莱尔：《论历史上的英雄、英雄崇拜和英雄业绩》，周祖达译，商务印书馆，2005 年。

2　参见歌德：《浮士德》，钱春绮译，上海译文出版社，2018 年，第 462—463 页。

里形成和发展的",[1] 但是，庞大的人口，工具、武器、住房的物质增长，都只是文明天才的媒介，从来不是其停留的最终结果。筑成迦太基城的石块中，没留下一颗微粒转换成精神和灵光，纵以巴比伦和尼尼微之宏大，在人类的记忆中，比之从雅典卫城到比雷埃夫斯港的距离，也不过像一段掌心般的间隙；真正理想的视角：一城之大，不是因为占据尼姆鲁德塔方圆百里，之强，也不在于能够复制巴比伦的城墙、容纳六辆马车并行，之美，更不仅仅因为它拥有巴比伦宫殿似的美丽浮雕、以赛弥拉弥斯女王的空中花园装点。

这个视角下，一城之伟大，在于其精神的"卫星城"远布四海，提到它的名字，会为后世照亮人类历史上整整一"日"、时间中的一道"地平线"；只有当时日并不仅仅是前一天的不变回音、无限期地反映一个永恒的螺旋，当人群之上漂浮着更高的东西，当夜幕下的灯火中还有一盏陪伴那因思想而不安值守的孤独，而且那一盏还孕育着新的观念，会在次日天明时变成召集的呐喊和激励的力量……只有这样，一城才是强大而美丽的。

1　基内（Edgard Quinet，1803—1875），法国历史学家、诗人、哲学家，持自由派、反宗教思想，研究基督教异教和宗教裁判所。此处引文出自其 1870 年作品《创造》（*La Création*）。

因此，幅员和物质影响力提供了对城市文明强度的丈量，而如果没有思想作为主宰，不论是帝都皇城、豪宅麇集，都是比死寂的沙漠还要干涸的河床。读丁尼生《莫德》的时候，我发现有一段说人类社会对他而言就是一种孤独，恰好可以作为这种精神折磨的象征。受痛苦的臆症所困，诗中的主人公梦见自己死去并被埋葬在伦敦一条街路面下几英尺的地方；尽管死了，意识却仍然附在冰冷的尸身上，喧闹的市声穿透狭窄的墓穴，使他一刻都不得安宁。冷漠的人群时刻压抑着关押他灵魂的凄惨监狱，路过的马蹄仿佛坚持要给他打下耻辱的烙印。日子以无情的迟缓向前推进，莫德只盼望被埋得深一点，再深一点，而那些含混的喧哗却在他不眠的意识里不断提醒被囚的现实。

我们拉丁美洲已经有一些城市，物质财富和表面的文明成就令其加快了迈向世界一流的步伐，但有必要担心，当沉静的思想前来敲打骄奢的外表，会像敲打空心的铜杯，只听见令人失望的闷响；同样，这些美洲大名鼎鼎的城市，诞生过莫雷诺、里瓦达维亚、萨米恩托，发动过不朽革命的，将英雄的荣耀和鼓舞的话语传遍整个大陆、如同向一潭死水投入石头激起层层涟漪的城市，最终可能沦为西顿、推罗或迦太基。

你们这一代人必须阻止上述情形的发生，你们是成长的年轻一代，是未来的血液、肌肉和神经。我愿将未来比附在你们身上，仿佛眼见你们注定要引人为精神事业而战。你们奋斗的毅力应该和必胜的信心保持一致，不要气馁，去吧，向斯基泰人讲精致的福音，向维奥蒂亚人讲智慧的福音，向腓尼基人讲无私的福音。

思想坚持存在就够了——并证明其存在，如同第欧根尼证明运动的存在——如此，思想的承递便是必然，思想的胜利便有保证。

思想会凭借其自发性，一寸一寸地征服所需的空间，在生命的其他形式中间确认和巩固自己的王国。思想将在个人的组织里持续活动，加高和壮大他的穹顶——头颅，善于思索的民族不断增长的颅骨，便显示出这个内部工人的推动力。社会组织中，思想同样懂得不借助任何外力便扩大活动的舞台。这种劝服，本应保护你们免于灰心（灰心唯一的用处是把庸人和弱者从斗争中剔除出去），也许同样安抚你们不至急躁（急躁妄图让时间改变其统治的节奏）。

在当代美洲，所有立意宣扬和捍卫精神上的无私理想者（艺术、科学、道德、宗教虔诚、思想政治），都应当培养坚信未来的意志。过去完全属于斗争的臂膀，现在亦然，几乎完全属于铲除和兴建的粗壮臂膀，而将来——

无论期待它的念头和想法如何，总是保持切近、精力充沛的将来——将为心灵更高级官能的发展带来稳定的环境和空间。

我们梦寐以求的美洲，你们会看不到吗？她对精神上的东西总那么热心，不仅仅对庇佑于她的大众而言；她勤于思考，同时也不忽视强健的行动能力；她平静坚定，尽管洋溢着豪爽的热情；她散发着一种早熟、温和的庄重魅力，以此更突出了童稚面孔上的表情：脸上是璞玉般的优雅，却显出觉醒的不安内心……请你们至少想着她；未来历史的荣誉，取决于你们是否能够在心眼上时刻牵挂这幅新生美洲的图景——悬在当今现实之上，就像哥特式教堂中殿巨大的圆花窗，在素朴幽暗的墙壁上灼灼发光。也许你们不是美洲的创建者，但一定会是紧随其后的先驱，在未来的臧否中，会有向先行者致敬的掌声。埃德加·基内深刻理解历史与自然的和谐，他指出，在一种新人、新社会单位、新文明化身到来之前，通常会出现一个零星的、早熟的群体，他们在社会生活中的角色跟希尔[1]为说明生物进化而提出的"预言性物种"很相似。最开始，新的

1　希尔（Oswald Heer，1809—1883），瑞士古生物学家，尤其擅长瑞士和克罗地亚地区第三纪的动植物。基内是希尔的法语译者，用后者"预言性物种"给《创造》的第二章命名。

类型仅仅意味着单个的、孤立的差异，后来形成"品种"一样的个体性，最后，这一品种找到有利其发展壮大的环境，也许升级为某个门类，于是——用基内的话说——"该群体获得足够数量，并开始统治"。

这就是为什么你们在工作和奋斗时所持的道德哲学应该有别于贺拉斯的"及时行乐"；你们的哲学不应只注重眼前，而要着眼落脚向上的台阶，或攻入敌人壁垒的豁口；你们不要寻求现在就最终胜利、封圣，而应该为更佳的斗争条件而努力。你们的朝气将由此获得更强有力的刺激，你们的角色扮演起来将更有戏剧性——一个本质上活跃、致力于革新和征服、仅仅用于提炼这一代天纵之才力量的角色，比精神上的黄金时代通常加诸光环下庄严祭司的淡然超脱气度，兴味要浓得多。泰纳在谈论文艺复兴的愉悦时就深刻认识到，给人类带来快乐和力量感的不是对财富的拥有，而是对财富的获取。

我们期盼演进持续、向好地加速发生，期盼你们的努力卓有成效，可以在一代人的时间里为美洲创造智识生活的条件，从现在所处的开端，到发挥真正的社会影响，最终达到绝对统治。也许这种奢望太过大胆和天真，但是，哪怕不能彻底转变，进步还是可以有的；就算你们知道，艰苦劳作的土地上最初的成果终归不能为己所用，只要多一分慷慨、坚强，它仍会成为你们内心深处新的推力。最好的成果是排除急功近利所取得，最值得称颂的努力是将希望放在视野尽头，最纯粹的忘我在于拒绝眼前的现实，无所谓喧嚷的桂冠、荣誉，而是大功告成、确定终结时精神上的快慰。

古人有"被遗忘诸神"祭坛，你们也把灵魂的一部分献祭给未知的将来吧。随着社会的发展，关于未来的畅想往往成为未来演进的因素之一，未来成就的灵感之一。原始时期野人短视无知，所能预见的未来只是太阳起落一个周期结束时尚缺的东西，不能想象即将到来的日子如何部分地被现在决定，通过一段漫长的距离（哪怕某天看起来觉得微不足道了），一直影响到后世。只有让行为适应在时空上越来越远的环境，我们才能取得进步。参与着一项延及身后的事业，孕育着未来的利益，会使我们战胜自身的局限性，提高人格的尊严。如果不幸地，人类必须放弃寻求个人意识的不朽，可以作为替代的最为宗教性的情感将会是这样一个信念——消散过后，灵魂所感受过、梦想过的精华，灵魂最内在、最纯粹的本质，还将作为人类遗产代代相传，如同星星的亮光，在它毁灭之后依然在无限中穿行，用忧郁的光芒轻轻抚过我们。

未来是人类社会生活中绝佳的理想生成器。一方面礼敬过去、崇尚传统，一方面对于未来勇敢冲动，共同组成一股可贵的力量，使人类的集体精神摆脱现在的局限，将理想的清泉注入社会感受力和躁动。福伊雷认为，人和民族在理想的启发下劳作，正如同非理性的动物受本能的驱动；在他看来，人类社会致力于将理想赋予现实，这个过程就像小鸟筑巢，其实是服从一个内在形象的驱使，一种对过去无意识的记忆，以及对未来的神秘预感，尽管有时候并不自知。

将自私自利的暗示从灵魂中消除，思想，受到关注生活终极目标的启示，会净化一切、安定一切、超越一切。本世纪的一项崇高荣誉就是关注未来的几乎强制性的力量、对理性的高度强调已经变得不言自明，即便有彻底的悲观主义，或是从东方的莲花给西方文明带来消解和虚无的苦涩哲学，哈特曼也仍以逻辑的形式预言继续追求完美、为未来做准备的严峻任务，以便进化（因为人类的努力而加速了）以最快的势头进入最后的阶段，即所有痛苦和生命的终点。

但是我在这里不打算像哈特曼一样以死亡的名义，而要以生命本身和希望的名义，请求你们为未来的事业奉献一部分灵魂。正因为此，我借用了爱丽儿恬静的形象。莎士比亚成功赋予高度象征的精灵——天才感应常有的神来之笔——在雕像中清晰地显示理想状态，由线条和轮廓以令人钦佩的方式"翻译"出来。爱丽儿是更高的理性和情感，具有"至善性"的珍贵本能，凭借这种本能，魔鬼阿里曼涅斯对曼弗雷德所说的"戴罪的泥身"，[1] 加以理性之光，得以壮大并成为万物的中心。爱丽儿是大自然崇高的冠冕，用精神的火苗，让有组织形式的向上发展得以完结。胜利的爱丽儿，代表着生命中的理想秩序，思想中的高超灵感，道德里的无私忘我，艺术上的高雅品位，行动上的英雄主义，风俗中的精致细腻。他成了人类在史诗中以名效法的英雄，不朽的主人公；他的出现激励先民在理性方面进行最细微的探索，第一次低下黝黑的额头，尝试用燧石打火，或是在驯鹿骨上画出一个粗糙的图像；他用翅膀鼓舞雅利安人的圣火，他们崇拜光明，是各个文明民族的先祖，在恒河神秘的丛林中点起火来，锻造人类威严的权杖；甚至在文明更发达的民族中间，他仍扇动翅膀、耀眼地悬停在人性的自然高峰之上，超越思想和梦想的英雄，超越行动和牺牲的烈士，超越苏尼翁海角的柏拉图，超越亚尔未纳山上独自祈祷的圣方济各。他那不可抗拒的

1　"miserable arcilla"，即"condemned clay"，Lord George Gordon Byron：*Manfred*，L. 404，参见乔治·戈登·拜伦：《曼弗雷德·该隐》，曹元勇译，华夏出版社，2007年，第69页。

力量来自生命中所有向上的运动，哪怕被卡列班顽固的反叛击败了一千零一次，被耀武扬威的野蛮人放逐，被战斗的硝烟窒息，被"约伯永恒的炉灰"脏污了透明翅膀，爱丽儿总能复原，重整青春和美丽，就像遵从普洛斯帕罗一样，迅速响应那些在现实中爱他并向他求助的人。他的恩泽甚至惠及那些否定他或不认识他的人。他常常引导邪恶和野蛮的盲目力量，使它们和其他力量聚合为善；他跨越人类历史，唱出如莎翁剧中悦耳的旋律，鼓励劳作和奋斗的人们坚持完成任务（不了解但遵从的任务），像剧中挣脱普洛斯帕罗一样最终挣脱物质的束缚，永远回到神圣光焰的中心。

与其记住我的话，请你们更要记住爱丽儿雕像的永恒与美好。希望这座铜像轻盈优雅的形象，从今往后印刻在你们灵魂的最深处。有一次在博物馆货币陈列室，一枚古钱币引起了我的注意：铭文上铸有一个词"希望"，模糊显现在已经灰暗的金底上。看着这销蚀的印刻，我开始猜想它可能产生过的影响。谁能说清这简单两个字的格言，作为一种坚持的建议，在几代人性格形成和现实生活中曾产生过什么积极高亢的影响？谁知道当眼光落到这两个鼓舞的字上——印在频频转手的金属片上，却是有图形的呐喊——多少犹疑的欢乐得以持久？多少卓越的事业得以成熟？多少致命的意图销声匿迹？……但愿爱丽儿的铜像——跟你们的心冲压成一体——在你们的生活中也发挥同样的，外表看来不起眼但却决定性的作用。但愿他于灰心绝望的黑暗时刻，在你们的意志里重新点燃对游移理想的热诚，让心中失却的希望重新获得温度。在你们思想阵地站住脚跟之后，爱丽儿会再次出发，去征服更多的人心。我能看见他钻进你们精神的影子，从未来、从高处，向你们露出感激的微笑。我相信你们的意志，相信你们的努力，更相信你们为之献出生命、留下硕果的人有同样的意志和努力。我常常陶醉在梦中，梦想将来有一天，现实将美好到让人相信，美洲大地高耸的安第斯山脉只是为了充当爱丽儿雕像的基座，作为供奉他的稳固祭坛！

普洛斯帕罗如是说。年轻的学生们恭敬地与他握手，鱼贯离开。四周寂静下来，老师轻柔的话，碎玉的声音和持续的震动，也随着学生们远去。黄昏尽了。一缕残阳穿过房间，半明半暗中落在铜像的前额，像要在爱丽儿高傲的眼睛里点燃不安分的生命之光。光线延伸，又好像被束缚在铜像里的精灵凝望着离去的青年们。他们静静地走了很长一段路。在心照不宣的凝神中，可以再次印证所有人被严肃问题吸引，进行精细"蒸馏"的能力，就像一位圣人优雅的比喻：露珠缓缓落在羊羔的绒毛上。当人群的摩肩接踵将学生们带回周遭的现实，夜幕已经降临。一个炎热而宁静的夏夜，夜晚从她乌木箱里倾向大地的清幽雅致，远胜人为之事的庸庸碌碌。人群的存在是唯一的扰攘。柔风吹过，轻微搅动慵懒愉悦、遗世而立的感觉，仿佛掌酒女祭司手中微颤的酒杯。影子不能让极澄澈的夜空再加增一分黑，仅仅把她的蓝罩暗，像表达一股沉思的安宁，再上一遍星光的釉彩——硕大的星星在无止境的行列里亮着，毕宿五，闪紫光，天狼星，像一个乌金镶嵌的圣杯倾倒向世间，南十字座，向美洲大地伸展双臂，仿佛在保卫最后的希望……

　　于是，在长时间的沉默之后，学生中最年轻的一位（由于总爱独自冥思，同伴们都叫他安灼拉[1]）先指指懒散涌动的人群，再指着光芒四射的夜空，开口说道：

　　　　——人群经过，我发现他们不抬头看天，天
　　空却仍看着他们。从高空，从冷漠昏蒙的人们头
　　顶，是什么缓缓落下？如果说民众如耕地，星光
　　闪烁，便是那播种者挥舞的手吧。

1　原文误作 Enjorlás，应为 Enjolras，中文译作安灼拉或恩佐拉，此处取前者，
　　参见雨果：《悲惨世界》第 4 卷《ABC 的朋友们》，李丹、方于译，人民文学
　　出版社，2003 年。

暴风雨（节选）*

第一幕

第二场

岛上。**普洛斯帕罗**所居洞室之前

......

【**爱丽儿**上。

爱丽儿　　　　　万福，尊贵的主人！威严的主人，万福！
　　　　　　　　我来听候你的旨意。无论在空中飞也好，
　　　　　　　　在水里游也好，向火里钻也好，腾上云头
　　　　　　　　也好，凡是你有力的吩咐，爱丽儿愿意用

---

* 节选自莎士比亚：《暴风雨》，朱生豪译。

全副的精神奉行。

普洛斯帕罗　　精灵，你有没有按照我的命令指挥那场
　　　　　　　风波？

爱丽儿　　　　桩桩件件都没有忘失。我跃登了国王的船
　　　　　　　上；一会儿在船头上，一会儿在船腰上，
　　　　　　　一会儿在甲板上，每一间船舱中我都煽起
　　　　　　　了恐慌。有时我分身在各处放起火来，中
　　　　　　　桅上，帆桁上，斜桅上，都一一燃烧起
　　　　　　　来；然后我再把各个身体合拢来，即使是
　　　　　　　天神的闪电，那可怕的震雷的先驱者，也
　　　　　　　没有这样迅速而炫人眼目；火光和硫磺的
　　　　　　　轰炸声似乎在围攻那摇挥着威风凛凛的三
　　　　　　　叉戟的海神，使他的怒涛不禁颤抖。

普洛斯帕罗　　我的能干的精灵！谁能这样坚定，在这样
　　　　　　　的骚乱中不至于惊惶失措呢？

爱丽儿　　　　没有一个人不发疯似的干着一些不顾死活
　　　　　　　的勾当。除了水手们之外，所有的人都弃
　　　　　　　船而跳入泡沫腾涌的海水中。王子弗迪南
　　　　　　　德头发像海草似的耸乱着，是第一个跳水
　　　　　　　的人。他高呼着："地狱开了门，所有的
　　　　　　　魔鬼都出来了！"

普洛斯帕罗	啊，你真是我的好精灵！但是这是不是就在靠近海岸的地方呢？
爱丽儿	就在海岸附近，主人。
普洛斯帕罗	他们都没有送命吗，爱丽儿？
爱丽儿	一根头发都没有损失，他们穿在身上的衣服也没有一点斑迹，反而比以前更干净了。照着你的命令，我把他们一队一队地分散在这岛上。国王的儿子我叫他独个儿上岸，把他遗留在岛上一个隐僻的所在，让他悲伤地抱着两臂，坐在那儿望着天空长吁短叹。
普洛斯帕罗	告诉我你怎样处置国王的船上的水手们和其余的船只？
爱丽儿	国王的船安全地停泊在一个幽静的所在；你曾经有一次在半夜里把我从那里叫醒，起来前去采集永远为波涛冲打的伯摩地斯岛上的露珠：船便藏在那个地方。那些水手们在精疲力竭之后，我已经用魔术使他们昏睡过去，现今都躺在舱口底下。其余的船舶我把它们分散之后，已经重又会合，现今在地中海上；他们以为他们看见

国王的船已经沉没，国王已经溺死，都失魂落魄地驶回那不勒斯去了。

普洛斯帕罗　　爱丽儿，你的差使干得分毫不差，但是还有些事情要你做。现在是什么时候了？

爱丽儿　　中午已经过去。

普洛斯帕罗　　至少已经过去了两个钟头了。从此刻起到六点钟之间的时间，我们两人必须小心不要让它白白过去。

爱丽儿　　还有讨厌的工作吗？你既然这样麻烦我，我不得不提醒你已经答应我，但还没有履行的诺言。

普洛斯帕罗　　怎么啦！生气了？你要求什么？

爱丽儿　　我的自由。

普洛斯帕罗　　在限期未满之前吗？别再说了吧！

爱丽儿　　请你想想我曾经为你怎样尽力服务过。我不曾对你撒过一次谎，不曾犯过一次过失，也不曾发过一句怨言。你曾经答应过我缩短一年的期限的。

普洛斯帕罗　　你忘记了我从怎样的苦难里把你救出来吗？

爱丽儿　　没有。

普洛斯帕罗	你一定忘记了，而以为踏着海底的软泥，穿过凛冽的北风，在寒霜冻结的地下水道中为我奔走，便算是了不得的辛苦了。
爱丽儿	我不曾忘记，主人。
普洛斯帕罗	你说谎，你这坏蛋！那个恶女巫西考拉克斯——因为年老而且恶毒，全身都弯得都像一个环的妖妇吗？你忘记了她吗？
爱丽儿	不曾，主人。
普洛斯帕罗	你一定已经忘记了。她是在什么地方出世的？告诉我。
爱丽儿	在阿尔及尔，主人。
普洛斯帕罗	噢！是在阿尔及尔吗？我必须每个月向你复述一次你的来历，因为你一下子便要忘记。这个万恶的女巫西考拉克斯，因为作恶多端，她的妖法没有人听见了不害怕，所以被逐出阿尔及尔；他们因为她曾经行过某件好事，因此不曾杀死她。是不是？
爱丽儿	是的，主人。
普洛斯帕罗	这个眼圈发青的妖妇被押到这儿来的时候，正怀着孕；水手们把她丢弃在这座岛上。你，我的奴隶，据你自己说那时是她

的仆人，因为你是个太柔善的精灵，不能
执行她的粗暴的邪恶的命令，因此违拗了
她的意志，在一阵大怒中她借着她的强有
力的妖役的帮助，把你幽禁在一株有裂缝
的松树中。在那松树的裂缝里，你熬过了
十二年痛苦的岁月；后来她死了，便把
你一直遗留在那儿，像水车轮拍水那样急
速地、不断地发出你的呻吟来。那时这岛
上除了她所生产下来的那个儿子、一个生
满着斑痣的妖妇的贱种之外，就没有一
个人。

爱丽儿　　　不错，那是她的儿子卡列班。

普洛斯帕罗　　那个卡列班是一个蠢物，现在被我收留着
做苦役。你当然知道得十分清楚，那时我
发现你处在怎样的苦难中：你的呻吟使得
豺狼长嗥，哀鸣刺透了怒熊的心胸。那是
一种沦于永劫的苦恼，就是西考拉克斯也
没有法子把你解脱。是我到了这岛上听见
你的声音后，用了我的法术才使那株松树
张开裂口而放你出来。

爱丽儿　　　我感谢你，主人。

普洛斯帕罗	假如你再要叽咕的话，我要劈碎一株橡树，把你钉在它多节的内心，直到你再呻吟过十二个冬天。
爱丽儿	饶恕我，主人，我愿意听从命令，好好地执行你的差使。
普洛斯帕罗	好吧，你倘然好好办事，两天之后我就释放你。
爱丽儿	那真是我的好主人！你要吩咐我做什么事？告诉我你要我做什么事？
普洛斯帕罗	去把你自己变成一个海中的仙女，除了我之外，不要让别人的眼睛看见你。去，装扮好了再来。去吧，用心一点！（爱丽儿下）

第五幕

第一场

普洛斯帕罗洞室之前

【普洛斯帕罗穿法衣上，
爱丽儿随上。

普洛斯帕罗　　现在我的计划将告完成。我的魔法毫无闪
　　　　　　失，我的精灵们俯首听命，一切按部就班
　　　　　　顺利地过去。是什么时候了？

爱丽儿　　　　将近六点钟。你曾经说过，主人，在这时
　　　　　　候我们的工作应当结束。

普洛斯帕罗　　当我刚兴起这场暴风雨的时候，我曾经这
　　　　　　样说过。告诉我，我的精灵，国王和他的
　　　　　　侍从们怎么样啦？

爱丽儿　　　　按照着你的吩咐，他们仍旧囚禁在一起，
　　　　　　如同你离开他们的时候一样，在为你的洞
　　　　　　室遮阳的那株大菩提树下聚集着这一群囚
　　　　　　徒；你要是不把他们释放，他们便一步路

也不能移动。国王、他的弟弟和你的弟弟，三个人都疯了；其余的人在为他们悲泣，充满了忧伤和惊骇；尤其是那位你称为"善良的老大臣贡札罗"的，他的眼泪一直从他的胡须上滴了下来，就像从茅檐上流下来的冬天的雨滴一样。你在他们身上所施的魔术的力量是这么大，要是你现在看见了他们，你的心也一定会软了下来。

普洛斯帕罗	你是这样想吗，精灵？
爱丽儿	如果我是人类，主人，我会觉得不忍心的。
普洛斯帕罗	我的心也将会觉得不忍。你不过是一阵空气罢了，居然也会感觉到他们的痛苦；我是他们的同类，跟他们一样敏锐地感到一切，和他们有着同样的感情，难道我的心反会比你更硬吗？虽然他们这样迫害我，使我痛心切齿，但是我宁愿压服我的愤恨而听从我的更高尚的理性，道德的行动较之复仇要可贵得多的。要是他们已经悔过，我的唯一的目的也就达到了，不再对他们更有一点怨恨。去把他们释放了

吧，爱丽儿。我要为他们解去我的魔法，唤醒他们的知觉，让他们仍旧恢复本来的面目。

爱丽儿 我去领他们来，主人。（下。）

普洛斯帕罗 你们山河林沼的小妖们；踏沙无痕、追逐着退潮时的海神，而他一转身来，便又倏然逃去的精灵们；在月下的草地上留下了环舞的圈迹，使羊群不敢走近的小神仙们；以及在半夜中以制造菌蕈为乐事，一听见肃穆的晚钟便雀跃起来的你们！虽然你们不过是些弱小的孩儿，但我凭借着你们的帮助，才能遮暗了中天的太阳，唤起了作乱的狂风，在青天碧海之间激起了浩荡的战争：我把火给予震雷，用朱庇特的霹雳劈碎了他自己那株粗干的橡树；我使稳固的海岬震动，连根拔起了松树和杉柏；遵循着我法力无边的命令，坟墓中的长眠者也被惊醒，打开了墓门而出来。但现在我要捐弃这种狂暴的魔术，仅仅再要求一些微妙的天乐，化导他们的心性，使我能得到我所希望的结果；以后我将折断

我的魔杖，把它埋在幽深的地底，把我的
书投向深不可测的海心。

【庄严的音乐。爱丽儿重上；他的后面跟
随着神情狂乱的阿朗索，由贡扎罗随侍；
塞巴斯蒂安与安东尼奥也和阿朗索一样，
由阿德里安及弗朗西斯科随侍；他们都步
入普洛斯帕罗在地上所划的圆圈中，被魔
法所禁，呆立不动。

普洛斯帕罗　庄严的音乐是对于昏迷的幻觉的无上安
慰，愿它医治好你那在煎炙着的失去作用
的脑筋！站在那儿吧，因为你们已经被魔
法所制伏了。圣人一样的贡扎罗，可尊敬
的人！我的眼睛一看见了你，便油然坠下
同情的眼泪来。魔术的力量在很快地消
失，如同晨光悄悄掩袭暮夜，把黑暗消解
了一样，他们那开始抬头的知觉已经在驱
除那蒙蔽住他们清明的理智的迷糊的烟雾
了。啊，善良的贡扎罗！不单是我的真正
的救命恩人，也是你所跟随着的君主的一
位忠心耿耿的臣子，我要在名义上、在实
际上重重报答你的好处。你，阿朗索，对

待我们父女的手段未免太残酷了！你的兄弟也是一个帮凶。你现在也受到惩罚了，塞巴斯蒂安！你，我的骨肉之亲的兄弟，为着野心，忘却了怜悯和天性；在这里又要和塞巴斯蒂安谋杀你们的君王，为着这缘故，他的良心所受的惩罚是十分厉害的；我宽恕了你，虽然你的天性是这样刻薄！他们的知觉的浪潮已经在渐渐激涨起来，不久便要冲上现在还是一片黄泥的理智的海岸。在他们中间还不曾有一个人看见我，或者会认出我。爱丽儿，给我到洞里去把我的帽子和佩剑拿来。（爱丽儿下）我要显出我的本来面目，重新打扮成旧时的米兰公爵的样子。快一些，精灵！你不久就可以自由了。

【爱丽儿复上，唱歌，一面帮助普洛斯帕罗装束。

爱丽儿　　　（唱）蜂儿吮吸的地方，我也在那儿吮啜；
　　　　　　在一朵莲香花的冠中我躺着休息；
　　　　　　我安然睡去，当夜枭开始它的呜咽。
　　　　　　骑在蝙蝠背上我快活地飞舞翩翩，

快活地快活地追随着逝去的夏天；

快活地快活地我要如今

向垂在枝头的花底安身。

普洛斯帕罗 啊，那真是我的可爱的爱丽儿！我真舍不得你，但你必须有你的自由。——好了，好了。——你仍旧隐身到国王的船里去：水手们都在舱口下面熟睡着，去唤醒船长和水手长之后，把他们引到这里来！快一些。

爱丽儿 我乘风而去，在你的脉搏跳了两次之前就会回来。（下。）

卡列班的胜利[*]

鲁文·达里奥

不，我不能，我不想站在那些银牙齿的北美大水牛一
边。他们是我的敌人，是拉丁血缘的反对者，是野蛮人。
如今所有高贵的心都会这样抽紧，所有从母狼的奶里有所
保留的正派人都会这样抗议。

我看过那些洋基人，在他们令人压抑的铁石城市；我
在他们中间度过的时间全是无端的焦虑，好像感到一座
山的压迫，呼吸吐纳都在独眼巨人、食人生番、野兽般
的铁匠、乳齿象住地居民的国度。他们花里胡哨，惹人
讨厌，恶毒粗鄙，像动物一样推搡着从街上走过、追逐美
元。这些卡列班的理想挂在股市和工厂上。他们吃，吃，
计算，喝威士忌，赚上一百万。他们唱：家，可爱的家

---

* 载《时代》报（*El Tiempo*），布宜诺斯艾利斯，1898 年 5 月 20 日。这篇
文章主要呼应了当年 5 月 2 日在布市维多利亚剧院举办的三场讲座，参见
España y Estados Unidos，*Conferencias de los señores Dr. Roque Sáenz Peña*，
Paul Groussac y Dr. José Tarnassi：Buenos Aires：Compañía Sud-Americana de
Billetes de Banco，1898。

（Home，sweet home!），家就是一个活期账户，一把班卓琴，一个黑人，一个烟斗。中风般的进步中，他们是一味放大的哈哈镜，永远破坏完美事物的敌人，不过，优秀的爱默生倒像卡莱尔的月亮，自由体高手惠特曼是山姆大叔的民主党先知，爱伦·坡，伟大的坡，因痛苦和酒精而醉的可怜天鹅，在一个永远不会理解他的国家成了梦的殉难者，至于西德尼·拉尼尔，因为名字里闪着一滴拉丁之光，避免了沦为新教牧师、海盗和牛仔的诗人。

"我们有世界上最好的东西!"他们说。确实，我们在那里就像身处大人国：尼亚加拉瀑布、布鲁克林大桥、自由女神像、二十层的方盒子、火药大炮、范德比尔特、杰伊·古尔德，他们的报纸他们的爪子。他们从肩膀的高塔看我们，看不吞牛排、不说"好吧"（all right）的我们，像看一些低等生物。巴黎是这些大个头野孩子的吉尼奥尔歌舞厅（Guignol），他们去那儿玩，留下支票；他们之间，快乐就是硬的，而母的尽管美，也只是软软的橡胶。

他们特别喜欢英语——英语你知道吧？（but English you know?）——就像面对贵族绅士的暴发户。

他们有给所有神的祭坛，但哪个神也不信。他们的伟人，要不是爱迪生，就叫林奇、门罗或者格兰特（格兰特的形象你们可以在雨果《凶年集》里去对照）。艺术上，科学上，他们模仿一切，伪造一切，聪明极了的红毛大猩猩，但多少个世纪的风光都不能让那个巨大的野兽更光鲜。

不，我不站在他们那边，我不能支持卡列班的胜利。

所以那天晚上我心里充满了欣喜，因为我们三位民族代表在一个亲切但严肃的聚会上抗议，抗议洋基人侵犯骑士般的、如今负担沉重的西班牙。

一位代表是罗克·萨恩斯·培尼亚，阿根廷人，他在泛美大会上用"人类的美洲"回应了门罗逞能的"美国人的美洲"，他还在自己家里证明给红皮肤的人看：我们共和国里，还是有人防备着野蛮人的大嘴。

那天晚上，萨恩斯·培尼亚动情地谈论西班牙，不免又回想起在华盛顿的胜利。[1] 就该这样给布莱恩惊喜，搞小动作、高谈阔论的布莱恩，和他们所有的棉花主、猪肉商、火车头！

这次维多利亚剧院的演说中，我们的政治家再次跟

1　1889—1891 年，美国在华盛顿召开了多次泛美性质的海关、货币协定会议，何塞·马蒂作为乌拉圭领事参加，撰写十余篇文章提醒与美国力量不平衡的联盟及其帝国主义性质。萨恩斯·培尼亚作为阿根廷代表也出席了会议，激烈反驳了门罗主义。

热心人一起现身。他重复一直以来的观点，强调吞并得克萨斯之后仍然张着的蟒蛇巨口之危险、盎格鲁撒克逊人之贪婪、洋基所显示出来的胃口、北美政府的臭名，并敬请美洲西语人期待收敛之后的舒展——这会很有用，而且必要。

只有一个人对这个问题如此有远见，像萨恩斯·培尼亚一样有远见而且坚定，这个人就是——时间的讽刺多有意思啊！——自由古巴之父何塞·马蒂。马蒂从来没有停止过对自己同一血脉的国家发出提醒：小心那些掠夺者，不要信那些联手啊泛美的东西，要注意兜售洋基"式"的商人鬼把戏。时至今日，马蒂要是看到大怪物以援助受困珍珠的名义侵吞牡蛎和一切美味，又会怎么说？

刚刚提到的演说上，我们的政治家跟热心人手挽手去的。萨恩斯就是这样，他的生活就是这样高调。这是最好的亮相，维护高贵的各民族，不让他们被踩在这些洋鬼子的皮靴下；维护卸掉武装的骑士，他同意跟火药和机械歌利亚决斗。

然后是保罗·格鲁萨克，以法国之名。看这位卓越、孤寂的饱学之士离开书的洞窟，[1] 离开勤奋的隔绝之所，同

1　保罗·格鲁萨克（Paul Groussac，1848—1929），时任阿根廷国家图书馆馆长。

样为了抗议不公正和蛮力的物质胜利，真是一个令人安慰的场景。大师不是演说家，但他有广泛的阅读助阵，依然激动人心，尤其刺激到听众心中最智性的那部分。他的讲话像平常一样充满了文学色彩，是匡扶正义的艺术，比如："什么？这就是生吃活逮那位，肢解分尸那位？他是暴行大将军？"

读过他最后一部作品[1]的人——一部集中有力、金属质感的作品，里面批判了洋基人、他们异位的文化，他们的文明、直觉、趋势和危险——你们不要奇怪会上他说的话，那是刚听了马赛曲。[2]是的，法兰西应当支持西班牙，慷慨的高卢云雀无法不诅咒那把斧子，竟试图砍杀拉丁血统里昌盛的分支。像格鲁萨克那样激动地喊："荣誉的西班牙万岁！"西班牙人胸中不会爆发其他答案："法兰西万岁！"

代表意大利的是塔尔纳西先生。在一段曼佐尼式的、激动热情的意大利音乐之中，他发出了拉齐奥的血的誓言，提到罗马这位年迈的母亲，像战士一样勇敢吹响他的十音节。场下听众纷纷为这样的"号角声"所震撼。

1　指格鲁萨克 1897 年出版的《从普拉塔到尼亚加拉》(*Del Plata al Niágara*)。

2　从会议文集前附"演出节目表"看，三人发言前分别有阿根廷国歌、西班牙王家进行曲、马赛曲、西班牙民歌、意大利王家进行曲、霍达舞曲演奏。

由此，倾听着拉丁民族三个大国代表，在场所有人都陷入了沉思，感到这顿宣泄是如此及时，这种态度如此必要，工作和斗争的紧迫性就在眼前，因为拉丁美洲的联合不再是乌托邦的蜃景，特定时刻到来之际，人们会超越政治和另一族类的利益，感觉到血涌的浪潮、普遍精神的浪潮。君不见英国人面对北美的胜利如何退缩，退到英格兰银行的保险箱里，退到古老的怨念，退到过去嘲弄的回忆里？君不见民主的平民洋基，会在一艘挂着英国国旗的船靠岸时喊出三声"呼啦"，高唱"天佑女王"？他们可是心心相印："美国和英国成为世界主人那一天会到来的！"

所以，我们的民族应该团结起来，尤其在苦难的时刻，精神心灵靠在一起；我们是情感丰富的民族，但我们也曾经拥有力量。太阳并没有放弃我们，世纪大树还会重生。

从墨西哥到火地岛，一片广袤的大陆，古老的种子发芽，准备在生命的汁液中再次张大我们的民族。从欧洲，从宇宙，吹来一股世界主义的劲风，将帮助焕发美洲的丛林。正因为此，从北边也伸来铁路的触角，铁手臂，血盆大口。

可怜的中美洲共和国们，要对付的已经不是海盗沃克，而是在尼加拉瓜开运河的洋基佬；墨西哥警觉地盯着，隐隐还有被截肢的痛，哥伦比亚的地峡被美国的煤和铁塞住了；委内瑞拉被门罗主义和跟英格兰的突发情况吸引，没有注意门罗主义和那一套东西将让维多利亚女王的士兵们得以抢占尼加拉瓜的科林多港口；秘鲁有为美国胜利而举办的游行，巴西，真令人痛心，明显有意跟山姆大叔讨价还价。

危险的未来已经被走在前列的思想家指出，北边的饕餮胃口就在眼前，必须作保卫的准备了。

但还有人跟我说："您看不到他们更强吗？您不知道生存原则注定我们被巨人生吞碾压吗？您不承认他们的优越性吗？"是的，我怎么会看不到猛犸象背组成的山峰。但在达尔文和斯宾塞面前，我不会把头放在石头上，让大野兽打碎我的头盖骨。

比蒙是一头巨兽，但我不必把自己的意志送到它的爪下，要是被抓住，至少我的舌头能发出最后的诅咒，用活着的最后一口气。我支持自由古巴，哪怕只是陪跑那些梦想家的梦、那些牺牲者的英雄气概，我也是西班牙的朋友——她被仇敌侵犯，那敌人满脸是暴力、强权、不公。

"您从来没有攻击过西班牙吗？"没有。西班牙不是狂热的罗马教廷成员、迂腐学究、阴沉的拉丁文法教师，轻蔑她并不了解的美洲；我维护的西班牙叫作骑士精神、理想主义、高贵态度，叫作堂吉诃德、克维多、贡戈拉、格拉西安、委拉斯凯兹，叫做熙德、罗耀拉、伊莎贝尔，叫作罗马的女儿，法兰西的姐妹，美洲的母亲。

米兰达总是偏爱爱丽儿的，米兰达是精神上的优雅，所有石头、铁、金子、肥肉堆成堆，也不够我的拉丁灵魂沦落成卡列班！

罗多书信三札

（罗多给拉菲尔·阿尔塔米拉的信）

蒙得维的亚，1900 年 6 月 29 日

堂拉菲尔·阿尔塔米拉先生。奥维多。

我尊敬的朋友：万分感谢您亲切的来信，感谢其中对《爱丽儿》的不吝之辞，对此我愿欣然接受，如果说这本小书在西班牙引起了一点刺激和掌声，这就是珍贵的证明之一。我真的非常欣慰，以您的睿智慷慨，能在我的讲道里找到共鸣，我也非常期待读到您所说将在《批评杂志》和《自由者》上刊登的书评。

尤其需要首先感谢您为我西班牙版本所写的序言，对这样一个小小的作品，这实在是莫大的荣誉。同样诚恳的感谢还要致与您为在西班牙推出版本所作的沟通。我将其完全交由您的处置，您就像对待自己作品一样进行安排吧，我只希望编辑在出版之后给我寄来 10 本。

要是见到莱奥波尔多·阿拉斯，也请代我感谢他在《公正报》上发表的热情评论，让我非常感动，备受鼓舞。我也会在最近写长信回复他，之前杂事缠身，除了教席之外，又受命临时领导国家图书馆。我想给他写一封长信，说一些感谢套话之外的想法。他那篇文章也被这里两份报纸转载了，在《爱丽儿》的支持者中间获得热烈的回应，至少是本地四分之三的知识分子吧……

　　衷心感激您的朋友，

何塞·恩里克·罗多

堂拉菲尔·阿尔塔米拉先生。奥维多。

我带着无比的谢意，接收和阅读了您两篇关于《爱丽儿》的文章，如此热情慷慨，里面（除了出于友情的过誉）深刻地揭示了该书的特点和意义。请您相信，我心里最深处保留下了对您的敬意，不是因为您维护了我作为作者的自尊（尽管这也是事实），而是，特别重要的，您用最有效的方式推动了爱丽儿理念和精神的传播，这是我在书的成败中最感兴趣和担心的问题。

这个"好心"的杂文集，我会永远庆幸自己写出来了，它是一个契机，让应该和必须撼动美洲的想法得到讨论和推进。其实论战还在持续，您无法想象一句支持的话能多么宝贵和有用，尤其像您这样在知识分子界德高望重的人物，从您口中说出让我加倍欣喜了。

《爱丽儿》在西班牙出版遇到什么问题了吗？真遗憾，因为这个提议很让人振奋，现在尤其如此，自从知道您打算撰写序言。请有空的时候给我写信，我多么希望这些书信往回能变成热烈的交谈。我还没有失去希望，等身上的重担一有能"休战"的时候，就去西班牙看望一众朋友。这样的旅行简直是我的黄金梦。

《自由者》那篇文章被蒙得维的亚《人民讲坛》转载了，《批评杂志》那篇也是。

请随意向您忠诚的朋友下达命令。

何塞·恩里克·罗多

蒙得维的亚，1908 年 1 月 29 日

堂拉菲尔·阿尔塔米拉先生。奥维多。

亲爱的朋友：

　　我已经拿到《普罗透斯》的清样，这部作品我打算分几册陆续出，可能出齐之前《爱丽儿》要出第四版。好运的《爱丽儿》，受欢迎程度出乎我的意料，到现在还在整个美洲引起激烈的讨论、掀起同感的热潮。现在，蒙得维的亚正在举办第一届美洲学生国际研讨会，非常有意思的活动，西语美洲新一代的许多杰出代表都来了，也让我再次有机会证明《爱丽儿》及其主旨如何深入了我书写对象的年轻的心。它成了一面旗帜，这——超越文学上的虚荣——满足了我作为作家的野心。

　　我还想推出一个文集 [1]，把报纸杂志上散见的文章归拢一下。

　　请接受一位崇拜者、一位从未忘记您的同伴，最热情的致意。

　　　　　　　　　　　　　　　　何塞·恩里克·罗多

1　指《普洛斯帕罗瞭望台》(*El minador de Próspero*)。

《爱丽儿》第二版序言[*]

莱奥波尔多·阿拉斯（"克拉林"）

　　最近，一艘阿根廷军舰到访西班牙，以在我看来对所有人最有趣、最有益的方式触动了公众舆论和情绪，并让本文显得十分应景。在半岛西班牙人与美洲西班牙人联合（各种形式的）这件事上，我是比较激进的——我很少这样——而且做着无惧冷漠和失望的梦，我相信未来伊比利亚家族会实现大联合，到时回头看，还会发现之前的隔绝是一个无法解释的错误。这次访问活动中，两国人民之间所展现出的真挚情谊本值得大书特书，但有了以上判断和心绪，我就节省一点热情的笔墨。

　　大的社会运动，尤其是不纯以获取经济利益为目的，文化底蕴又丰厚，则往往反映到文学中，通过文学，能研究这些活动最重要的阶段。比如加泰罗尼亚分离主义的例子，这个痛苦的现象在有些人看来，像西尔韦拉先生

---

[*]　原载马德里《公正报》周一版，1900 年 4 月 23 日。

（Francisco Silvela），就主要是文学层面的。

美洲文学中也有种种表现，向我们讲述新大陆存在的支持和反对与西班牙交往的声音。是的，早年间，那边刚刚经历独立的创伤，不再愿意接受西班牙人，只有文人，特别是诗人，从我们最著名的作家身上寻找灵感，比如金塔纳（Manuel José Quintana）、埃斯普龙塞达（José de Espronceda）、索里利亚（José Zorrilla de Moral）；后来，一代代新人逐渐忘却西班牙的传承，转而投向欧洲其他文学寻求养分，尤以法国文学为甚。不仅文学，其他社会活动领域也是这样。当然，对西班牙也不全是不屑，总的新潮流中，有一些自然生发、表示尊敬的东西，但西班牙终究没有给她的美洲儿女提供足够的知识养料。美洲向所有移民敞开怀抱，如饥似渴地吸纳任何存在的现代文明，那些比西班牙更先进，文学艺术更瑰丽，更契合现代精神的国家，引起了美洲人的注意。被吸引的大半是年轻人，许多通过旅行和文学受到教育，教他们的语言对西班牙全无或很少顾及。这里并不是要说那种对除西班牙外的欧洲——主要是对法国——的模仿如何过火，忘记了民族文化的独创性——哪个民族想要在历史上留下印迹总需要有些性格；抛开赶时髦和虚荣不谈，拥有积极才能和修养的人被"完全高卢化"（galicismo integral）的大潮所裹挟，使用卡斯蒂利亚语写作时，即使没有大规模的语法入侵，风骨也似乎是法国的了。

我前面用了过去时，并不是说那些过分的模仿（像索里利亚的百灵鸟）已经结束了。不，在《蓝……》里，在美洲的颓废派中，"巴黎风尚"还是占据着主导……毕竟，一些半岛青年身上的西班牙特质并不比美洲青年更多。

但同样真实且幸运的是，这群美洲文学青年中间，出现了一些值得称道的"反动"征兆，是与生活中其他方面的潮流相一致的。他们将目光重新投向西班牙，既不否认过去，也不忽视在与更先进的欧洲国家的直接交流中汲取有益经验，同时铭记这种应当不惜一切追求的独创性不能是"进口的"，而要在前人留下的奥义、在民族的最本质处探求。

何塞·恩里克·罗多，拉丁美洲最著名的青年评论家之一，现在蒙得维的亚任文学教授，是上述良性趋势中最杰出的代表，多年来一直以这样的方式创作。与他并肩的还有其他一些作家，如利马诗人乔卡诺先生（José Santos Chocano），我在《星期一》中谈到过他支持西班牙的勇敢而慷慨的诗文。

现在，罗多先生出版了一本篇幅不长但颇有分量的书，题目叫做《爱丽儿》。尽管他没有直接提到这种回归西班牙传统的新趋势，仍然认为西班牙有资格进入新世纪，或者说，应当因为其辉煌的世纪而受到尊敬；虽然《爱丽儿》还有另一个直接的目的，但他思想的立场、方式，必定推导出同样的结果。

《爱丽儿》不是一部小说，也不是一本教材，它属于法国人成功培育出的中间类型，西班牙很少有人尝试。

比如，从形式上看，它类似于勒南的对话体作品，但不是对话，而是独白，是导师告别弟子们的演说。取名"爱丽儿"或许也是受勒南的影响，作为其卡列班的对立面。我们已经知道，爱丽儿是莎士比亚《暴风雨》中听从普洛斯帕罗命令的精灵——空气精灵，卡列班则是一个野蛮而丑怪的奴隶，一登场就大喊大叫：也得容我吃饭呀，我需要吃饭！罗多书中令人景仰的老师在教室与弟子们告别，旁边是一尊爱丽儿的雕像，表现《暴风雨》的最后时刻、魔法师普洛斯帕罗把自由还给这位精灵：

> 爱丽儿，我的小鸟，
>
> 这事要托你办理；
>
> 以后你便可以自由地回到空中，从此我们永

别了！[1]

　　爱丽儿和卡列班的对立是罗多哲学研究的象征。他面向美洲——我们称之为拉丁美洲——的青年，激励他们放弃走卡列班那功利主义、没有理想的堕落之路，而去追随空中的精灵爱丽儿，获得爱智慧、爱美、爱优雅的灵性，探索无限之中的纯粹奥秘。

　　罗多最使人钦佩的一点，是懂得深刻而平静地达至和谐，永远保持正义感，永远真诚、勇敢、坚定地捍卫自己的思想，同时又包容相反的观点，不刻意进行贬低；他灵活、宽容、无所不知，又坚持宣扬自己的想法。我向我们的颓废派和现代派文人，向年轻的无政府主义者和绝对自由主义者，向那些仍然有救，而不是迷失在无知、骄傲和恶习中的人，推荐学习这种美洲的精神：它是如此年轻，又已如此平稳；它沉静公正，热情不减，追逐未来但又尊重过去、积极地认识现在。

　　要言之，我想先讲两点，然后再说他的主旨，年轻的拉丁美洲模仿北边美国的现实问题，也是历史问题。

1　莎士比亚：《暴风雨》第五幕第一场，朱生豪译本。

他首先批判了功利主义，指出其排他性和有限性。我从未见过如此有力的举证，说人缺乏最终的理想，缺乏明确的、作为人的目标，或者说，迷失在日常生活的琐碎中，缺乏一种习惯倾向，去填补各种不定的追求带来的空虚。罗多研究了古希腊和基督教这两大人类历史上的伟大理想，找到了二者携手并进、相辅相成的时刻，即圣保罗在希腊的塞萨洛尼基和腓立比等地建立早期教会的时候。

　　最纯粹的基督教与古希腊文化别无二致，都反对"野蛮"的现代功利主义。如果有读者碰巧记得我一本名为《阿波罗在帕福斯》的小册子，就会明白我是多么愿意为罗多的这些想法鼓掌欢呼，我在书里也试图用自己的方式进行这样的讨论。

　　这位年轻的美洲教授展现出惊人独创力的地方就在于，当以雄辩的辞令和深邃的思想阐述古典的"闲适"、回味悠长的生活，他并不是享乐主义的，而是带有反思和感情；他并非急于疯狂地运转、总在寻找没有终极目标的"方式"，而是诗意、高贵地，如神灵一般，处于合宜安逸的雌伏状态。

　　维吉尔笔下的提屠鲁说：

梅利伯啊，一位神祇给了我这个方便。[1]

　　这位有着希腊灵魂的拉丁诗人眼中，这份方便闲适为神所应当，他蔑视当下的功利主义，因为其不能深入他内心的价值，没有看到人的命运既是活着，也是观看与感悟生活。

　　除此之外，几何、逻辑等学科中的功利主义竟成了对慈悲心的否定，成了最强者和生存斗争的成功原则，如果说人之间的斗争是有合法性的。几天前，一位杰出的社会学家阿德里亚诺·巴卡罗（Adriano Vaccaro）与一位来自法国的理查德先生（Mr. Richard）理论，说他尽管认同社会进化论，但还是谴责残忍、谴责利他主义的缺失，这些都在消耗着他对前者的支持。巴卡罗认为，不要合乎逻辑，不要考虑功利主义的最终结果，才能摆脱其他人更逻辑连贯、毫无顾忌宣扬的消灭甚至消除弱者、"不适者"，例如，天生的罪犯，无法成活的孩子，如此等等。谁会忘记某些激进意大利记者的主张，甚至要求在犯罪之前就逮捕并消灭罪犯，只要"科学"指出他必然成为犯罪的"案例"？

1　维吉尔：《牧歌》其一第 6 行，杨宪益译，人民文学出版社，1957 年。

罗多适时地想起了被这种自私所激发的思想家中最坦率、最杰出的一位——尼采，其明确主张牺牲大多数人以满足少数人的享受和进步，对基督教的"温和待人"不屑一顾。"但幸运的是，"罗多补充道，"只要世上还有两块木板能拼出十字的形状，这样的观点就不会盛行。"

但是无差别的民主，也就是说，关注他人，那么也包括一般意义上最不具备资质的人，并不是针对功利主义的良方，甚至还曾伴生于功利主义。

追求平等的中间阶层单一统治的无差别民主，是被误解的民主，罗多凭借强大的理智和论述与之抗争，没有因此让亚里士多德派占据上风，即使他们展现出有趣又迷人的吸引力，像勒南包装那种。在介绍卡莱尔《论英雄、英雄崇拜和历史上的英雄事迹》的西班牙语版时，我也表达过类似与罗多不谋而合的观点。民主已经是一个不争的事实，已经确定的东西，如果合理阐释，也会是合法的，是为进步和正义所要求的：因此，可以且应当将其与卡莱尔的观点、与英雄主义那推动生活前进的神圣使命相协调。民主须得在条件上平等，在方式上平等，以便之后确定生活的不平等来自能力的差别，而非社会的限制；否则，社会须是尊重自然造化的平等，便又不平等了。但是，请不要以为后来由能力、精力决定的不平等，就意味着那些天生拥有特权的人可以有享受自私、利益和虚荣的优势，不：精英阶层的灵魂可以救赎，其优越性也就意味着牺牲。"更好的人"占据主导，是为了更好地服务众人。虽然说法不同，但这就是罗多的理念，是生活要真正进步、民主所能解决的问题。

他在如此有趣，不只对美洲，也对欧洲极具重要性和现实意义的话题上，简直可谓洞察和雄辩。

铺垫了前述思想，作者就来到具有现实历史价值的特殊问题，该书的主要议题。

众所周知，当今美国试图用泛美主义作诱饵吸引拉美人，吸引所有南边的人；美国力求拉美人忘记自己身上拉丁的特质，乃至西班牙的特征，把他们纳入洋基的文明之中；他们想让拉美人"接种"盎格鲁美洲的功利主义。由于北美显示出来辉煌、实证的胜利如此之多，西语美洲不乏接受催眠的人。

正是在这个问题上，我们这位蒙得维的亚批评家显示了过人之处。他异常机敏，这种机敏在于他能冷静、公正、毫无遗漏地列举和分析美国佬不可否认的功绩和优点，甚至以虔诚信仰的方式予以承认。"我敬佩他们，虽然不喜欢他们"，罗多说。接着，他用托克维尔一般的洞察力，比布尔热看得更多更全，考察了美国所有的消极面、性格、文化和理想上的缺陷，这些缺陷恰巧与之前考察过的功利主义相符合。追求物质利益、享受纯粹肉欲作为终极目标的财富，尤其是一种持续的焦虑，为了获得低级可憎的幸福而斗争；此外，缺少优雅，缺少希腊式的闲适和神秘的理想，胜利的中间阶层、握有主权的数量达到民主的水平，用数字说话。

《爱丽儿》劝告西语拉丁美洲的青年，不要被美国这北方的海妖所诱惑；古典和基督教的理想应该指引他们，保持现代与进步。可以看到，罗多对拉美人的要求是"应该是……他们所是……"，也就是西班牙血缘的，古典生活和基督教生活的子女。

我以我最大的热情向大家推荐这本内涵丰富的小册子，出自蒙得维的亚杰出的批评家之手。

（苍穹译，于施洋校）

关于《爱丽儿》[*]

米格尔·德·乌纳穆诺

1901 年元旦　罗多寄赠乌纳穆诺的相馆写真

　　为了激励美洲青年追求更高、更纯、更精神化、更
"空气精灵"的生活，何塞·恩里克·罗多，同样来自蒙

＊　本篇为 1901 年 1 月号《阅读》杂志（La Lectura）"西语美洲文学"专栏按语
　　（节选）。根据萨阿韦德拉·法哈多（Saavedra Fajardo）图书馆 2015 年的一份
　　电子档，罗多与乌纳穆诺至少有 19 封书信往来，从 1900 年 3 月 20 日寄赠
　　《爱丽儿》持续到 1916 年 4 月。

得维的亚的一位作家，写了《爱丽儿》这本书（"新生活"第三辑），一部非常好的书，双重意义上的"好"。它在西班牙造成了反响，如果说这些东西能在这里造成反响的话。这是一首赞歌，献给年轻人，献给激情，献给对理想、和谐、美的渴望，尤其在居友和勒南的意义上，或者也可以视为将法国灵魂最雅典化、最崇高那部分译为卡斯蒂利亚语的一次深刻尝试，不是语言上的，而是精神上的，是一个西语美洲人用法国文化感受的古典。这本书也是一声召唤，让人走向自然，走向生活，走向健康的沉思，保持人之为人的完整性，崇尚美。他请求救世主和传教士都具备对美的理解。但《爱丽儿》最值得注意的，是坚持调和理想的高度关怀与民主精神。在这个问题上，弟子反对起"师傅的矛盾之处"，反对起勒南的精英主义，在这方面更美国化，摆脱了开始那些过于沉重的传统束缚。不应忘记，美在于对实用的节制，什么人如果倾向于"有用"，哪怕不是有意的，也是倾向于"美"。尽管罗多对实用主义不乏敌意，甚至看待庸俗有点偏激，他在理解"美国精神"，包括以将西语美洲"去拉丁化"为威胁的"精美"问题上，还是有公正、冷静的判断。这样一步一步读《爱丽儿》可能就读不完了，还是以后单独写一篇文章吧，现在，我谨引用它完美的结尾："人群经过，我发现他们不抬头看天，天空却仍看着他们。从高空，从冷漠昏蒙的人们头顶，是什么缓缓落下？如果说民众如耕地，星光闪烁，便是那播种者挥舞的手吧。"

卡列班*

费尔南德斯·雷塔马尔

一个问题

　　一位欧洲记者——而且还是左派记者，前几天问我："有'拉丁美洲文化'这么一种东西吗？"当时我们聊的自然是近来关于古巴的争论，其造成了两方的对立，一方是某些欧洲资产阶级知识分子（以及渴望成为他们的人），显然还对殖民时代抱有怀想，另一方是拉美作家、艺术家中的领军人物，排斥任何一种或明目张胆、或遮遮掩掩的文化和政治殖民。我想，这位记者问我的问题揭示了此番争端的根源之一，还能以另一种方式来问："你们'拉丁美洲人'真的存在吗？"质疑我们的文化，就是

---

* 本文原载《美洲之家》(*Casa de las Américas*) 第 68 期（1971 年 9—10 月号），此处摘译了八节中的第一、三节。1992 年前后，作者在拉美多地、美国多所大学演讲，另作《五百年后的卡列班》载《新评论》(*Nuevo Texto Crítico*) 第 11 期（1993 年第一季度），及为日语《卡列班》译本作《告别卡列班》载《美洲之家》第 191 期（1993 年 4—6 月号）。

质疑我们的存在本身、质疑我们作为人的现实，也就是倾向于默认拉丁美洲作为殖民地这一无法改变的境况，觉得我们只能是其他地方历史经验的扭曲回响。这个"其他地区"当然是指宗主国，殖民活动的中心，那里的"右派"把我们榨干，而所谓的"左派"曾经并仍然试图指导我们，殷勤中带着怜悯，两者在拉丁美洲本土都有形形色色的"中间人"相助。

这种情况，从殖民主义中诞生的国家或多或少都经历过——我们那些国家，宗主国费尽心思的知识分子先后笨嘴拙舌地称呼过"野蛮人""有色民族""欠发达国家""第三世界"，尤其在何塞·马蒂之谓"我们混血的美洲"，这种现象已经到了令人发指的程度。尽管我们很容易辩白说所有人种都是混血，甚至所有文化都是混生，尽管这对殖民地特别地适用，但是资本主义国家确实在很久以前就达到了种族和文化方面相对的同质化，有些变化几乎就发生在我们眼前，美国的白人群体（虽不是同一种族却都源于欧洲）毁灭了原住民群体，又排斥黑人群体，就是为了把同一性置于多样性之上；他们还成了一个连贯操作的范例，被纳粹像学徒一样拿来用在欧洲其他群体身上，原本不可饶恕的罪过，却使一些资产阶级为希特勒鼓掌，标榜成如同西部电影和《人猿泰山》那样有益的周末消遣——

这些电影向世人（包括我们，虽然我们更接近那些被侮辱和被损害者，却对反映自己灭绝的东西感到欣快）揭示了美国从建国到越战一直抱持的骇人的种族观念。其余资本主义国家这一进程也许不那么明显（也可能不那么残忍），但也在内部差别之上实现了相对的种族和文化整合。

混血和殖民地之间也无法达成必要的认可。殖民地结构上可能有一些基本的类似，但总体极为复杂，包括有着上千年历史、文化较为独立的国家，其中一些经受过（或正在经受着）直接的侵占，像印度、越南，一些则经受间接的侵占，如中国；包括文化丰富、政治多元的国家，遭遇过各种不同形式的殖民主义，如阿拉伯国家，此外还有黑非洲，骨殖被欧洲人恐怖的行为野蛮拆解，但还是保留下种族和文化的某种同质性，虽然殖民主义者试图罪恶而徒劳地否认这一点。在这些国家，程度或高或低都存在着混血现象，但总被认为"意外"，似乎处于发展主线的边缘。

不过，世上的殖民地国家中有一个特例，在那个广袤的地域，混血不是偶然而是核心、主线，那就是我们，"我们混血的美洲"。马蒂的语言真是精妙，"混血"这个形容词来表示我们文化的独特之处再恰当不过了，从种族和文化上说，我们就是原住民、欧洲人和非洲人混生的后代。1815 年，解放者西蒙·玻利瓦尔在《牙买加来信》中称："我们是人类中的一个小分支，拥有一片单独的世界，被绵延的大海包围着，对几乎所有艺术与科学都是新的"，但1819 年，给安戈斯图拉国民议会的信里，他又说道：

> 我们要记得，我们的民族不是欧洲的，也不是北美的，与其说是摆脱欧洲，不如说本来是非洲与美洲的混合。就连西班牙自己都由于非洲血脉、由于体制和性格而不再算是"欧洲的"。想准确判断我们到底属于哪个人种是不可能的，大部分原住民已经消亡，欧洲人与美洲、非洲人结合，非洲人也融入印第安人、欧洲人。生我们的是同一个母亲，父亲却是外国人，来自不同的地方，流着不同的血，肤色差别显著。这种差异造成了影响深远的赎罪义务。

本世纪，在一本晦涩而充满直感的书里，墨西哥的何塞·巴斯孔塞洛斯指出：拉丁美洲正在锻造一个新的种族，"由此前所有种族的精华形成，将是最终的种族——

宇宙种族。"[1]

　　这恰好透露出无数误解的根源。一个欧洲—美国人可能喜爱，或者无所谓，或者反感中国/越南/朝鲜/阿拉伯/非洲文化，但绝不会把中国人当成挪威人，把班图人当成意大利人，更不会去问："你们存在吗？"相反，拉美人往往被看作欧洲人的徒弟、草稿和模糊的翻版，其中也包括马蒂所谓"欧洲的美洲"那种白人；同样，我们的文化也被看作欧洲资产阶级文化的模仿、草稿和翻版（即玻利瓦尔之"欧洲的溢出"）。后面这种错误比前一种更常见，把古巴人当成英国人、把危地马拉人当成德国人似乎没那么容易，因为总有一些种族上的特征，但拉普拉塔河地区的人辨识度就没那么高（种族上，不是文化上）。这个问题起根儿上就是混乱的：虽然我们是原住民、欧洲人、非洲人、亚洲人等多个群体的后代，可我们用来沟通的语言却就那几种：殖民者的语言；当被宗主国围绕的殖民地、前殖民地用自己的语言交谈，我们，拉丁美洲和加勒比人，却一直使用殖民者的语言，通用语言，能跨越原住民和克里奥尔语言所不能跨越的国境，比如现在，我要跟一个殖民者辩论，除了使用殖民者的语言，使用他们的

1　指何塞·巴斯孔塞洛斯于1925年出版的《宇宙种族》（*La Raza Cósmica*）。

概念工具，还能怎样呢？莎士比亚大概是世上最杰出的虚构故事作家了，他有一部作品里就发出了这样标志性的呐喊：那是他最后一部（完整）作品《暴风雨》，普洛斯帕罗夺走卡列班的岛屿，把他当作奴隶，教他"语言"。长相畸形的卡列班反驳普洛斯帕罗："你教我语言，我得到的好处／是，知道怎样诅咒。愿红疮要你的命，／因为你教我你的语言。"(《暴风雨》第一幕，第二场）

……

我们的象征

我们的象征不是罗多所想的爱丽儿，而是卡列班，我们这些混血儿对这一点看得尤其清楚，因为我们居住的就是卡列班的岛：普洛斯帕罗入侵，杀死了我们的祖先，奴役了卡列班，为了让他听懂命令而教了他语言。卡列班除了用这语言诅咒，祈愿红疮降临到普洛斯帕罗头上，还能做什么呢？我找不到比这更准确的比喻来描述我们的文化情况、描述我们的现实了。从图帕克·阿马鲁、"拔牙者"蒂拉登特斯、杜桑·卢维杜尔、西蒙·玻利瓦尔、何塞·德圣马丁、米格尔·伊达尔戈、何塞·阿蒂加斯、贝尔纳多·奥希金斯、胡安娜·德阿苏尔杜伊、贝尼托·苏亚雷斯、马克西莫·戈麦斯、安东尼奥·马塞奥、埃洛伊·阿尔法罗、何塞·马蒂，到埃米利亚诺·萨帕塔、艾米和马库斯·加维夫妇、奥古斯托·塞萨尔·桑迪诺、胡里奥·安东尼奥·梅亚、佩德罗·阿尔比苏·坎波斯、拉萨罗·卡德纳斯、菲德尔·卡斯特罗、艾德·桑塔玛利亚、埃内斯托·切·格瓦拉、卡洛斯·丰塞卡或者里戈韦塔·门楚；从印加·加尔西拉索·德拉·维加、胡安娜·德拉·克鲁斯修女、"小瘸子"阿莱亚迪尼奥、西蒙·罗德里格斯、菲利克斯·巴雷拉、弗朗西斯科·毕尔巴鄂、何塞·埃尔南德斯、欧亨尼奥·玛利亚·德奥斯托斯、曼努埃尔·冈萨雷斯·普拉达、鲁文·达里奥、巴尔多梅罗·利略或奥拉西奥·基罗加，到加勒比民间音乐、墨西哥壁画艺术、曼努埃尔·乌加尔特、华金·加西亚·蒙赫、海托尔·比利亚-洛沃斯、加夫列拉·米斯特拉尔、奥斯瓦尔德·德·安德拉德、马里奥·德·安德拉德、塔尔西拉·德·阿玛拉尔、塞萨尔·巴列霍、坎迪多·波尔蒂纳里、弗里达·卡罗、何塞·卡洛斯·马里亚特吉、曼努埃尔·阿尔瓦雷斯·布拉沃、埃塞基耶尔·马丁内斯·埃斯特拉达、卡洛斯·加德尔、米格尔·安赫尔·阿斯图里亚斯、尼古拉斯·纪廉、"印第安人"费尔南德斯、奥斯卡·涅梅耶尔、阿莱霍·卡彭铁尔、路易斯·卡尔多萨-阿拉贡、埃德娜·曼利、巴勃罗·聂鲁达、若昂·吉马朗伊斯·罗萨、雅克·罗曼、威尔弗雷多·拉姆、何塞·莱萨马·利马、C.L.R. 詹姆斯、艾梅·塞泽尔、胡安·鲁尔福、罗贝托·玛塔、何塞·玛利亚·阿格达斯、奥古斯托·罗亚·巴斯托斯、比奥莱塔·帕拉、达西·里贝罗、罗萨里奥·卡斯特亚诺斯、阿基莱斯·纳索阿、弗朗茨·法农、埃内斯托·卡德纳尔、加夫列尔·加西亚·马尔克斯、托马斯·古铁雷斯·阿莱亚、鲁道夫·沃尔什、乔治·拉明、卡莫·布拉斯维特、洛克·达尔顿、吉耶尔莫·邦菲尔、格劳贝尔·罗查、莱奥·布劳威尔，我们的历史，我们的文化，不正是卡列班的历史和文化吗？

前面说，罗多搞错了我们的象征，不过，他清楚地指出了我们的文化在他的年代（和我们这个年代）所面对的最大敌人，这一点更为重要。罗多的局限性（就不在此赘述了）致使他忽视了某些东西，至少是失焦了，但是，他确实是有所发现的，而且至今仍然有某种效力，或者说毒性。

罗多对于洋基现象的观察紧密生发于他的历史情境，尽管有些不足、缺省和天真（贝内德蒂也这样评论），在当时仍算是第一个"发射台"，引发了后人更成熟、更详实、更有远见的观点。罗多"爱丽儿主义"如先知一般的内涵，直到今天仍然具有一定的影响。

这种观点有不容置疑的现实支撑着。说罗多引出了后来一些更成熟、更激进的见解，我们古巴人只要举出胡里奥·安东尼奥·梅亚的例子，看罗多对梅亚的写作有多么关键的影响。1924年，21岁的梅亚完成了一部饱含激情的作品：《知识分子和伪君子》（*Intelectuales y Tartufos*），强烈抨击了那个时代知识分子的虚伪价值观，与乌纳穆诺、巴斯孔塞洛斯、因赫涅罗斯、巴罗纳这些人形成鲜明对照。梅亚写道：

> 知识分子是思想的劳动者。劳动者！也就是罗多认为唯一配活在世上的人。知识分子握紧笔来与不公正作斗争，就像其他人握紧犁耙来润沃土地、握紧利剑来解放民众、握紧匕首来处决暴君。

同一年，梅亚再次提到罗多，第二年又帮助建立了位于哈瓦那的爱丽儿理工学院。值得一提的是，梅亚也是1925年古巴第一个共产党组织的创始人之一。毫无疑问，罗多的《爱丽儿》也充当了古巴这第一个马克思主义党派（美洲大陆最早之一）的发射台，引发了革命的流星雨。

一些敌对者企图消解罗多的反美思想，这也证明了罗多的观点在当下仍是相对正确的，埃米尔·罗德里格斯·莫内加尔就是个极好的例子，他认为，《爱丽儿》"包含了哲学和社会学思考，但除此以外，它讨论时局的某些部分也极富争议性，而且恰恰是这个次要却不容辩驳的因素决定了它的迅速传播和流行。"罗多反对美国渗透的基本态度在此书中像是附加的、次要的，不过大家都知道，罗多酝酿《爱丽儿》的起因是1898年美国在古巴的干涉行为，这是对该事件的一个回应。罗德里格斯·莫内加尔评道：

> 罗多当时计划写作的就是《爱丽儿》。在最终版本里只有两处直接提到了作为动因的历史事件……从这两处可以看出罗多如何从最初的历史情境发展到完整提出根本问题：所谓拉丁民族的衰落。

像罗德里格斯·莫内加尔这样为帝国主义服务的人，罗多 1900 年谴责那种"精美"派，企图如此粗暴地阉割这部作品，只能证明这本书确实涵盖了一些尖锐的主张，尽管如今我们会采取其他视角、借助其他工具来解读。分析《爱丽儿》(本文不是全面分析) 的时候会让我们着重关注罗多如何克服自身的教育和反雅各宾主义，与勒南、尼采的反民主主义作斗争 (在尼采身上看到"一种可怕的反革命精神")，呼吁民主政治、道德观念和竞争意识。当然，毫无疑问，作品的其余部分逐渐失去了现实意义，只留下与美国对抗的潇洒姿态和对我们价值的捍卫。

说到这里，几乎可以断定，如果没有罗多的《爱丽儿》，现在这篇文章就不会有它作者的名字，我想把它献给我们伟大的乌拉圭作家，因为今年正好是他诞辰一百周年。致敬却在多个方面驳斥并不奇怪吧？梅达多·比铁尔曾经说过："倘若我们回过头去重新讨论罗多，我觉得不会是为了采纳他所提出的那些关于精神生活的方法，而是为了重新审视问题。"

在提出把卡列班当作我们的象征时，我意识到，他也不完全是"我们"的，尽管合乎我们的具体现状，却是个外来的创造。怎样完全避免这种外来感呢？在古巴，"曼比"[1]这个备受尊敬的词是敌人在战争时期对我们的蔑称，到现在我们还没有彻底诠释出它的含义。它似乎明显源于非洲语言，从西班牙殖民者嘴里说出来，好像表示所有独立者都和黑人奴隶一样"坏"——黑人是解放者军队的主力，也靠独立战争获得了解放。独立阵营的人们，无论黑白，最终把殖民主义用来羞辱人的词汇光荣地用在自己身上。这是卡列班的辩证法。为了激怒我们，他们管我们叫"曼比"、管我们叫"黑人"，而我们却引以为荣，自豪地宣称是"曼比"的后代，揭竿而起、逃离奴役的独立者后代，从来不是奴隶主的后代。不过，我们知道，普洛斯帕罗教卡列班学会了语言，又给他起了名字，可这是他真正的名字吗？我们来听听1971年的这篇演讲：

> 准确地说，我们尚未拥有名字，也就是还没接受洗礼：我们到底是拉丁美洲人、伊比利亚美洲人，还是印第安美洲人？在帝国主义者看来，我们不过是一些被轻视、该受轻视的民族，至少曾经是。从吉隆滩开始，他们的想法有了一点变化，从种族歧视，对克里奥尔人、混血人、黑人

1　曼比（mambí），指独立战争中的起义者。

的歧视，变成了对拉丁美洲人的歧视，仅仅作为
拉美人，便是可耻。

这自然是菲德尔·卡斯特罗在吉隆滩十周年纪念时的
演讲。

直面我们如卡列班的境况意味着从另一个立场、从另
一主角的视角重新思考我们的历史。《暴风雨》的另一个
主角不是爱丽儿，而是普洛斯帕罗。爱丽儿和卡列班之间
不存在真正的两极对立，两人都是普洛斯帕罗这个外国魔
法师手下的奴仆，只不过卡列班鲁莽、难以驯服，是岛屿
的主人，而爱丽儿这个空气精灵尽管也是岛屿之子，但正
如庞斯和塞泽尔所见，有知识分子的影子。

（李瑾译，于施洋校）

罗多的美洲：旗帜和沉默[*]

戈登·布罗瑟斯顿[**]

　　在罗多的作品中，美洲大陆始终是个突出的主题。对这位乌拉圭作家而言，美洲是赖以思想与呼吸的源泉，从文化角度讲，只是一度被最古老的拉丁文化遮蔽而已（拉丁文化，他曾于1916年游历欧洲时感受过，那是他短暂生命的尽头，第一次亲身去拜会他挚爱的意大利以及祖先们居住的土地加泰罗尼亚）。他的文学生涯始于为《国家文学与社会科学杂志》（1895）的读者们衡量"文学美洲主义"的价值，尤以探讨阿根廷作家胡安·玛利亚·古铁雷斯（1809—1878）的作品为主。在他对鲁文·达里奥《世俗的圣歌》著名的分析（1899）中，罗多惋惜这部诗集并不足以支撑达

---

[*]　选自2000年德国"罗多与他的时代：《爱丽儿》出版一百年"国际研讨会论文集。

[**]　戈登·布罗瑟斯顿（Gordon Brotherston，1931—　），英国学者，1965年毕业于剑桥大学凯瑟琳学院，随后就任埃塞克斯大学，研究西语美洲、美洲原住民文学文化，文学翻译等，荣休后在美国斯坦福大学西葡语系继续工作多年。《爱丽儿》1967年剑桥版即为布罗瑟斯顿教授评注导读版，影响广泛。

里奥"美洲诗人"的美誉；而《爱丽儿》（1900），其起始阶段和现代主义的另一部宣示之作，"献给美洲的青年"，他用（我们熟悉的）振聋发聩的文字讨论了美洲大陆的命运。随后，他还提出了一个纪念碑式的研究计划，回顾他认为应当被视为"美洲伟人"的几位，并最终完成了玻利瓦尔和厄瓜多尔作家胡安·蒙塔尔沃的相关章节（这两章，连同此前关于古铁雷斯的一篇，后来一同被收入 1913 年出版的《普洛斯帕罗瞭望台》一书。他的同胞阿图罗·阿尔达奥（Arturo Ardao）编订《罗多及其美洲主义》（蒙德维的亚，1970），一部精良的选集，还收录了多篇同类文章，后来美洲之家出版社再版，把标题巧妙地改成他对马蒂的仿写：《美洲，我们的》（*La América Nuestra*）。

经过 1898 年的领土扩张后，美国开始强调整个美洲都在他"名"下，对此，罗多强烈反对，号召应当持一种更传统、更宽泛的眼光，促成"美洲国家联邦"的思想。在书中，他引人注目地面朝整个美洲的自然地域，两只神鹰从赤道飞到两极的广阔天地，策笔丈量这片广袤土地，不断提及弗朗索瓦-勒内·夏多布里昂和亚历山大·冯·洪堡，前者曾从尼亚加拉河的荒僻之地走到契卡索和纳切兹的幽美丛林，后者足迹遍布加勒比、安第斯、亚马孙地区。

论及美洲历史，罗多采用了类似的手法。他认为，汉密尔顿、杰斐逊以及其他一些北美十三州独立的支持者们，正可以对应拉普拉塔河流域以里瓦达维亚（Rivadavia）为代表的一众先驱。他们同样成其为"守护神"，一座沿袭自希腊罗马古典时代的价值堡垒，充当周围"文化荒漠"蛮荒环境和未来大规模移民的文明过滤器。由此，罗多最终建立了一种可以同时适用于南北美的"美洲美学"，认为两片土地上最优秀的文学与艺术作品一定产生于某种碰撞，一边是根植本土的某种自然蛮荒，一边是欧洲舶来的人为工巧。罗多恰是感受到了后者在彼时的美国有衰落之势，才借《爱丽儿》提出了矫正。他不断强调美洲的本土性概念，激励狭义上"我们的"美洲，也就是拉丁美洲、西班牙语美洲、伊比利亚美洲……（他用过各种说法），在《爱丽儿》中，他所谈的未来已经不是保留给亚洲或旧大陆任何国家的时间，而是默认的美洲大陆高光时刻。

美洲的血脉

罗多这类论述大多集中在早期关于胡安·玛利亚·古铁雷斯的文章，涉及"美洲"主题时，已经检视过文学中的美洲主义，比如 1913 年修订版的标题下有"对自然的情感""对历史的情感"。这篇文章很值得关注，因为它为"美洲"问题引入了一个既非拉丁又非欧洲的面向——原住民的美洲。而在关于蒙塔尔沃的文章中，罗多以一贯娴熟的笔调发展了这片大陆上早期住民的一系列概念。此外，他提出过五位"美洲智慧公民"，推举本大陆最杰出的代表：萨米恩托、毕尔巴鄂、马蒂、贝略和蒙塔尔沃，五人中所有人——除了声名昭著、手段血腥的第一位之外——都曾以对原住民的想象和话语使罗多的目光更加锐利，这些作品包括毕尔巴鄂《美洲福音》，马蒂《我们的美洲》，贝略《美洲席尔瓦》，及蒙塔尔沃就安第斯文化发表的评论。

《胡安·玛利亚·古铁雷斯和他的时代》（1913 年版的最终标题）最完整地呈现了罗多的美洲计划。此文向我们展现了这位阿根廷作家多层次的本土色彩，尤其是诗体的瓜拉尼、马普切、阿劳坎人传说，古铁雷斯在世时，这些原住民还在阿根廷境内大部活动。罗多以相当文学的方式，追索出衔接原住民世界与古铁雷斯的一些文本。这三个传说分别是 1843 年的《凯科贝》（*Caicobé*）、《伊鲁佩亚》（*Irupeya*）和 1850 年的《莉尔普的花》（*Las flores de Lilpu*）。根据古铁雷斯的说明，罗多确认瓜拉尼人的

《凯科贝》出自此前阿塞迪亚诺·马丁·德巴尔科·森特内拉所作的著名诗歌《阿根廷，或曰拉普拉塔河流域的征服》(1602)。虽然"阿根廷"的名称确实是在森特内拉的诗中第一次出现，但古铁雷斯在此更有"光复"的野心，袒露阿根廷在领土方面的更多企图，因为他坚决认为后来边境外的民族国家原本位于该国境内。作为"原型"西语人和阿根廷作家，森特内拉详细记载了多次游历：圣卡塔琳娜岛（如今巴西同名州的来源）、"圣加百列之地"（今天的乌拉圭）、巴拉圭的巴拉那和亚松森地区，以及上秘鲁（今玻利维亚）等地区。

古铁雷斯和罗多都认为，阅读森特内拉的诗歌是一桩痛苦的事（"阿塞迪亚诺的贫瘠荒原"[1]）。

尽管如此，森特内拉对古铁雷斯而言仍有独特的吸引力，有如一座真正的矿藏，储存着16、17世纪原住民世界的各种信息，其中不乏有趣的闪光点。二十八首长诗构成一组史诗，记载了美洲原住民与欧洲入侵者的最初接触，可与阿韦尔·波塞（Abel Posse）的《戴蒙》（*Daimón*）和拉丁美洲现代叙事文学的其他一些关键作品相提并论。它以当地语言称呼这片土地及其河流、山峦、

1　José Enrique Rodó：*Obras Completas*，Madrid：Aguilar，1967，p. 712.

树木、花草和动物，描绘出聚落联盟的形态，带我们认识了亚曼都（比起专有名词更像是政治头衔）和这段古老历史上的其他许多瓜拉尼英雄。甚至可以认为，正是因为森特内拉作品冗长、缺乏文学追求，反而保留下原住民哲学和信仰的诸多细节，否则，被欧洲风格浸染的作家（例如阿隆索·德埃尔西利亚），很可能将其同化或删除。

古铁雷斯很会运用这些素材，借助文学前辈的渊博知识完成了《凯科贝》和《伊鲁佩亚》这两个瓜拉尼传说的创作。尽管作者本人提出了反向的指示，但《伊鲁佩亚》仍能令人联想起《阿根廷，或曰拉普拉塔河流域的征服》一书中莉罗佩亚与颜都巴育的爱情悲剧。阿根廷作家阿道夫·贝罗（Adolfo Berro，1819—1841）改写过这个故事，乌拉圭人何塞·索里利亚·德圣马丁也在《塔巴雷》（1888）中有采用，尽管他在引用问题上缺乏坦诚。

古铁雷斯的第三个传说，《莉尔普的花》，则更让我们想起阿劳坎传统。他把故事设定在比奥-比奥河畔，也就是安第斯山脉西麓（智利一侧）阿劳坎王国到1872年一直保有的疆界。此次参考的材料只可能是埃尔西利亚的《阿劳坎之歌》，罗多认为这是初生的美洲文学最雄浑的作品：

说到《阿劳坎人之歌》，它值得美洲铭记并感激……面对文学经典模式的惯常和造作，蛮族的抵抗还未在美洲诗人笔下获得更史诗性的化身：坚不可摧的考波利坎、闪烁英雄光彩的劳塔罗、坚忍不拔的加尔瓦里诺……埃尔西利亚是美洲的诗人，从时间顺序上讲，也是第一个为自身独特性、本土性而自豪，并从这种热爱中得到灵感的作家。

埃尔西利亚在《阿劳坎之歌》中歌颂的马普切英雄们，后来被伟大的智利人弗朗西斯科·毕尔巴鄂纪念（在《美洲福音》[1864]中表示支持彼时地处南锥体地区的阿劳坎王国），也被美洲现代主义者鲁文·达里奥写进多首诗歌。另一方面，萨米恩托则对其报以蔑视态度，称埃尔西利亚（如果不是说的古铁雷斯）在诗中不必要地拔高了原住民的形象，使得阿根廷的现代化文明进程——"征服荒漠"的任务（也就是灭绝仍占据大部分国土的阿劳坎人）——变得更加复杂棘手。萨米恩托用最不由分说的语言表达了此番意见："对我们来说，尽管埃尔西利亚为科洛科洛、劳塔罗和考波利坎穿上了高贵文明的盛装，但他们不过是一群污秽不堪的印第安人，放到现在我们就给吊死。"可惜的是，这些"污秽不堪"的人，正是《马丁·菲耶罗》的诗行中、曼西利亚《访兰奎印第安人》（ *Una excursión a los indios ranqueles* ，1870）旅行路线上、《女俘》迷离幻想中的同一班印第安人。由此，怀着对埃尔西利亚和古铁雷斯笔下马普切文明的显著热情，我们看到罗多隐隐开始远离他所尊敬的萨米恩托，靠近美洲现代主义者达里奥和马蒂（后者与萨米恩托有过一场广为人知的论战，论争焦点正是原住民问题）。但这并未持续很长时间。如果我们继续考察古铁雷斯的作品，又会发现罗多删减了森特内拉-古铁雷斯序列中的许多内容。

丛林的寂静

古铁雷斯在《凯科贝》与《伊鲁佩亚》传说中，记录了与欧洲传统截然不同的生命和轮回观。它们直接生发于瓜拉尼文化，甚至其语言，这从诸如《艾乌·拉庇塔》（ *Ayvu rapyta* ）等瓜拉尼语经典文本中可以广泛验证。"凯科贝"这一标题指的是一种树，由一位瓜拉尼女性变身而成，因为她受到一个新来的安达卢西亚人追逼。古铁雷斯选这个名字，出自《阿根廷》的第三首，卷首作了摘引：

地上一棵小树

枝叶纤弱细小

叶片一碰闭起来

枝头憔悴枯掉。

　　意即本土的花朵卷缩起来保护自己，躲避欧洲征服者凶狠无情的步伐，这个观点，森特内拉是明确取自瓜拉尼思想的，他还加了一条注释（我们用现代语言大致可以这么理解），解释为何"凯科贝"这一名称能够仅仅以音节对应"人与植物共享生命活力"这一概念。通过这种方式，卡斯蒂利亚人森特内拉完成了对他同时代的欧洲哲学的突破，变成与同时代法国人米歇尔·德·蒙田"不可能的"同契——在关于食人族的文章中，他发掘出图皮-瓜拉尼语所谓蛮族诗歌极细腻的表达。

　　在《莉尔普的花》最初几行中，古铁雷斯向我们指出，这一回，故事女主人公的名字来自阿劳坎，也就是马普切语，一个本土词，代表了对生活的一种理解，被毕尔巴鄂在《美洲福音》中也赞赏和引用过，照亮了安第斯山诸多神秘的所在，甚至后来极大地推动了旅行者查尔斯·达尔文对于化石现象的思考（他记录下马普切人给他看的安第斯山化石叫做 fora lil，意为"骨–石"）。"莉尔普"（lil pu）则指水晶石，故事中女主人公的名字，也跟萨满占卜有关。

这些概念在古铁雷斯的作品中清晰可见，但却并未进入罗多的创作中。尽管他对书籍（他永远最忠实的"同伴"）和文学创作过程都抱有炽烈的热情，却并未关注古铁雷斯致敬森特内拉的功课（1873—1876），该篇还被作为《阿根廷，或曰拉普拉塔河流域的征服》首个现代版（布宜诺斯艾利斯，1912）的前言。对罗多来说，美洲的自然可以是崇高的、宏伟的，但始终是"蛮荒的"，或（用萨米恩托最偏爱的词来说）"沙漠般荒芜的"。必须打造一个荒蛮的、野性的、原始的美洲，罗多所感到的这种紧迫感充分体现在他对安德烈斯·贝略美洲席尔瓦的评论中，比如纯粹田园诗风格的《农业颂》（1826），罗多远没有表现出赞赏，只提到了自然景色——非人工创造的景色——和"丛林式的自发性"。他仿佛没有领会或没有感知到贝略含蓄的观点，美洲"热带"的每种作物都包含着原住民的智慧，有着显然出自本土语言、容易辨识的独特名字（木薯 yuca、菠萝 ananás、土豆 patata），权威认定、本身也代表了文化的根本进程（此处教养、调味、培育、展开都是类似近义词）：

高贵的棕榈将教养

你子孙的广袤封地

菠萝为神仙美酒调味

木薯是白色面包

土豆培育出金黄的香盒

棉花将金玫瑰和雪羊毛

展开给阵阵清风。

　　美洲受益于（更深层含义上的）文明作物，也因此能够使更多人受益，比如贝略在伦敦伦巴底街的资产阶级朋友们。在罗多的评论中，上述一切推导出的唯一结论便是"声音温和顺从的**田园牧歌**并不是最适合于展现美洲荒漠威严的原始性的诗歌体裁"；就好像美洲大陆，不同于贝略所预感的考古学、历史学，必须是"荒蛮的"，才能不受制于白人殖民的、文明的手。

　　罗多认为，美洲自然地域、"没有被碰过"的状态，典型表现为缺乏连贯表达，从根本上是一种欲望的症状，将欧洲人入侵解释为古老的"空置住所"原则。换言之，这种方法将掩盖或转移人们的注意力，让人不再注意自哥伦布残忍延续到罗多时代的种族灭绝行为——他的作品中，只字未提当时仍在开展的消灭印第安人的冷血军事行动，无论在北美洲还是南美洲。

提出当代美洲的情况时，罗多在讨论达里奥的文章开篇便显出对此话题的回避。机关枪于罗多出生的时代初次被引进这片大陆，以便阿劳坎人和瓜拉尼人的敌人，包括美国土著苏人的敌人，在"漫长的战争"中取得最后的胜利；随着枪口下"原初"牺牲者的消逝，这种武器被概念化（"的确，我们伟大的大自然和逐渐逼仄躲藏的原生性，都留在了乡村生活中。"[1]）这句话可以看作下面这段更为强硬专断的文字的一丝回声，在1895年的文章《文学美洲主义》中，罗多这样评价原生性：

> 文学美洲主义最为人所知的概念，实际上是这个词的狭义，仅指从这片土地生发的灵感，乡村古老的生活方式，似乎野蛮的新枝还在顽抗文明的新鲜汁液。[2]

实体被消除后，"野蛮人"，如果说也是人，将永远

---

1 José Enrique Rodó: *Obras Completas*, Editadas, con introducción, prólogos y notas por Emir Rodríguez Monegal, Madrid: Aguilar, 1967, p. 165.

2 José Enrique Rodó: *Obras Completas*, Madrid: Aguilar, 1967, pp. 767—768.

无法与现代化的、"文明"的美洲民族国家相抗衡。罗多在此体现出的思想和他的同时代好友何塞·索里利亚·德圣马丁基本一致。索里利亚在他的"民族史诗"《塔巴雷》中，以基督教的模糊性与种族主义情感，掩饰了建国者们的第一个行动就是1831年在萨尔西普埃德斯（Salsipuedes）屠杀印第安人，正是这一屠杀使得乌拉圭比拉丁美洲任何一个国家都更彻底地"摆脱了印第安人问题"，实现了"正式的印第安人空白"，正如阿图罗·阿尔达奥就罗多的美洲主义所作的评论。罗多的设想中还有一个补充部分，即安第斯山区，这样一来逻辑就自洽了：他受时代风气影响而将另一篇宏大的"美洲"文章献给了美洲的另一种形态，前欧洲，或非欧洲的。

这另一篇文章的主角是胡安·蒙塔尔沃，他于1833年出生在安第斯山区。在这片地区，自几千年前的中美洲文明时代起，自然环境就让位于规模庞大的城市群和城市人口（数百万之多延续至今）。试图用"荒蛮"或"荒漠"这样的词语来抹杀这种本土现实显然是荒谬的，需要引入一种新的话语规则，而罗多正是试图在文中做这件事。在介绍主角蒙塔尔沃时，罗多将其比作安第斯山脉中高耸的火山，他正是这些火山之间出生，勾勒出一派洪堡在《山脉风光》中呈现的安第斯全景。继而，罗多指出蒙塔尔沃身上有独特的情感与知识养成，这使得他有别于"粗拙"的萨米恩托，也让他对本地族群及其经济社会状况有更敏锐的见解。这一点，马蒂曾在《我们的美洲》中强调，罗多也做出类似的总结：

> 在共和国里，印第安人依然构成被征服的阶
> 级，如同低贱的泥土，承载社会建筑……在这种
> 可悲的民主基础上，是一个少数的、分裂的、也
> 多半无能的统治阶级，由于机体的缺陷，无法适
> 应对自由的运用。[1]

天生雄伟的安第斯山由此被承认是克丘亚人的摇篮——克丘亚人，凭借着贸易市场、乐器（竖琴，他们的"民族发明"）、陶瓷和精美的纺织品（譬如今天美名远扬的奥塔瓦洛织品），仍然构成一个社会阶层。他们甚至使人联想起此前印加帝国的北方宫廷，阿塔瓦尔帕在基多的阵地，而蒙塔尔沃也被拿来与库斯科的王室后裔、印加人加西拉索作比较。通过这种方式，似乎暗示蒙塔尔沃在血缘上和才华上的不凡，都来源于他的印加祖先。

1　José Enrique Rodó: *Obras Completas*, Madrid: Aguilar, 1967, p. 578.

但即使是有这样的例子，罗多仍然否认原住民遗产有什么现实的延续性与重要性。在文中一些直接聚焦罗多生活的时代安第斯印第安人的段落中，他为我们呈现出这样的画面：克丘亚人已经成为一个不会思考的种族，对自己的历史文化一无所知，生活环境仅略好于山林野兽。这种解读向我们表明，克丘亚人变成了一群"悲伤的印第安人"，他们卑微异常，陷入遗忘的泥淖，随时准备亲吻鞭笞他们的手：

> 悲伤，不断呼出的悲伤，成串迷失，在无知觉的深处，像被施了巫术，这就是印第安人的灵魂烙印。这个巨大的铜色人群是悲伤的，像铜锅，可以混合一切物质，像盾牌，抵挡一切重击。比悲伤更甚，是顺从，是冷漠。不能承受的痛苦和深重久远的耻辱耗干了他们的灵魂，抹去了他们的表情。恐惧、服从和谦卑已经成了他们唯一的情绪变化。[1]

毫无疑问，这段话似乎将罗多塑造成"原住民主义

---

1 José Enrique Rodó：*Obras Completas*，Madrid：Aguilar，1967，p. 576.

者",被其拥护者反复引用,确实能反驳路易斯·阿尔贝托·桑切斯在40年代对罗多的攻讦,说他对印第安人"漠不关心"。但细细读来,罗多的总体立场确在侵略者一方,即是社会人类学的。也正因此,他直接反对蒙塔尔沃讲述和维护的东西。罗多的文字对克丘亚民族的展现相当片面,事实是,这些印加的后裔不仅丝毫没有丢掉民族记忆或反抗能力,甚至在蒙塔尔沃出生前半世纪(1780年)的抵抗浪潮中要求恢复自己的名誉与文明遗产——他们的领袖包括图帕克·阿玛鲁二世,1572年西班牙殖民者在库斯科处死的图帕克·阿玛鲁一世的直系后代(森特内拉作为见证人,在作品中留下多首八行诗节纪念此事),还有图帕克·卡塔里,上秘鲁地区的反抗首领,以及哥伦比亚的"公社起义者"。

罗多通常否认印第安人在大革命和独立运动中起到过重要作用,但甚至连西班牙人都承认了这一点:他们用印加名字"图帕克·阿马鲁们"称呼南美起义者。看罗多笔下木讷健忘的大众,感觉不到他们从印加过往中继承了任何抒情或智慧的色彩,但蒙塔尔沃的作品为我们呈现了更丰富的画面,也与至今收集到的线索更为一致,比如可以参考德哈科特夫妇的《印加音乐》(1925)、何塞·玛利亚·阿格达斯的《克丘亚歌谣》(1938)、赫苏斯·拉腊的《克丘亚民间诗歌》(1947)，和蒙托亚兄弟的《山地之血》(1987)等作品。蒙塔尔沃的文章《乌尔库，萨恰》(*Urcu，sacha*)颂扬了克丘亚语言和传统之美（"乌尔库-卡马斯卡"和"萨恰-卢那"蕴含着一种无法用其他语言表达的精神力量），也借欧洲和克里奥尔文化表达出一种含蓄精妙的讽刺。

说到欧洲和克里奥尔文化，蒙塔尔沃为两者对克丘亚文明所抱持的鄙夷态度（譬如认为"讲印第安语言的都不是重要人物"）感到遗憾。他总结道："新大陆的土著语言……正向19世纪宣告：奇布恰人、印加人和特拉斯卡尔特卡人能够在法律、艺术和文学的王国中占据一席之地。"不论在说西班牙语的人看来这份遗产是多么没有价值，它仍然具有自己的蓬勃生命力。蒙塔尔沃所赞颂的，不仅仅是原住民文明在其土壤上表现出来的实体性（如市集、种植了千年的玉米等农作物、织物等），更是它们的本土名字中蕴含的诗意（如皮钦查 Pichincha、科托帕西 Cotopaxi），语言与文学中的智慧，尤其如果与印加王阿塔瓦尔帕的古老门第建立关联（只能通过罗多的文章进行猜测）。这样一来，蒙塔尔沃打开了一扇窥视另一种思想氛围的窗户，促进白人、克里奥尔人和印第安人之间进行对话（文明人的受邀特征），不带种族主义思维和欧洲"古典"的偏见，也为智慧和智慧的优雅保留了共同的信仰。

严谨来说，罗多对他同时代的美洲现代主义者达里奥的评价也体现出了类似的局限性。在《世俗的圣歌》的第一部分《最初的旋律》中，达里奥直接召唤"性感优雅的印加人"，立于玛雅城市（帕伦克，乌塔特兰）的荣光和蒙特祖马的黄金王座旁，也给作者本人增添了一缕印第安情思，是他血脉的自然流露。罗多的评论一开始点出了这个小小的"达里奥宣言"，但很快加以贬损，将其与美洲主义中的"装饰性"相联系，表现出一种暗含戏谑甚至讽刺挖苦的怀疑主义态度：

> 我不知道是否真的有目光敏锐的人，能在鲁文·达里奥的作品中发现转瞬的一笔、疾速的忧思、无声的流言，能证明这位诗人有热带纬度的美洲主义，甚至能体现他是乌塔特兰和帕伦克的神秘艺术家的继承者……[1]

西班牙人与罗多的理解再次南辕北辙，他们将达里奥或多或少视为一位装饰着羽毛的印第安人。乌纳穆诺在此

1　José Enrique Rodó：*Obras Completas*，Madrid：Aguilar，1967，p. 165.

问题上所作的典型化是如此强大，以至于塞萨尔·巴列霍这位达里奥的继承者与仰慕者都深受其影响，认为自己的身上同样背负了祖国的千年历史。

结　语

毫无疑问，罗多对美洲问题的看法给人留下了深刻印象，既因为其宏大的视角、广博的学问，也因为他拥有超越惯常分歧的能力，这些分歧在西班牙语、葡萄牙语和英语国家的民族传统间根深蒂固。他也常常表现出对美洲文学强大的感受力，并在可能构成"文学美洲主义"之处提供许多"有营养"的文章，尤其如果考虑到这些文章的创作年代。同时，在他的所有作品中，到处存在着深沉的寂静乃至刻意的删除，不愿流露任何原住民根源的历史或文学传统、任何企图为美洲正名的"原生"思想。从这种意义上来说，他对胡安·玛利亚·古铁雷斯、胡安·蒙塔尔沃以及同时代的美洲现代主义者们的评论，可能并没有之前的解读那么"透明"。

鲁文·达里奥的身体中流淌着"乔罗特加人的血"，他预见了一种美洲主义文学风格，是文本的，也是对社会作出承诺的，之后受到美洲大陆重量级诗人塞萨尔·巴列霍、巴勃罗·聂鲁达和欧内斯托·卡德纳尔的敬仰和不断模仿。（自称）作为现代主义者的罗多却与此不同，同理，他与美洲现代主义另一位奠基者何塞·马蒂也不同，他本想将马蒂写进"美洲伟人"系列，但最终没有动笔。马蒂认为，美洲人如果不尊重这片土地上的原住民遗产，便永远无法认识自己，永远无法有效统治。马蒂虽然是欧洲后裔，但完全认领这份遗产，当他目睹了加拉加斯的加勒比人的牺牲（犹如罗多笔下反对爱丽儿的卡列班），饱读了美洲自己的文学传统——譬如经典的《波波尔·乌》，绝对的美洲产物，激励了《我们的美洲》的作者，也永远被罗多排除在知识和文化体系之外。

或许正是上述特点，使得罗多能在他的时代大获成功。抛开表象不谈，他的作品巧妙地消解了美洲文学创作考虑或正视"美洲血脉"的必要，这恰是带给马蒂丰富的启迪，如今则影响着另一位乌拉圭人爱德华多·加莱亚诺的东西。罗多让美洲大陆发展计划越过了早年萨尔西普埃德斯的种族灭绝，用自己的理念和当下的氛围不断调和，直至失去了声音和意义。

（陈方骐译，于施洋校）

罗多作品年表

　　《新生活第一辑：将要来的人。新小说》，蒙得维的亚，1897；

　　《新生活第二辑：鲁文·达里奥。他的文学人格。他最后的作品》，蒙得维的亚，1899；

　　《新生活第三辑：爱丽儿》，蒙得维的亚，1900；

　　《自由主义和雅各宾主义》，蒙得维的亚，1906；

　　《海神普罗透斯变幻的动机》，蒙得维的亚，1909；

　　《普洛斯帕罗瞭望台》，蒙得维的亚，1913；

　　《蒙塔尔沃，爱丽儿，玻利瓦尔，鲁文·达里奥，自由主义和雅各宾主义五论》，马德里，1915。

遗作

　　《帕罗斯之路·思与行》，瓦伦西亚，1918；

《书信集》，雨果·德巴巴赫拉达（编），巴黎，1921；

《普罗透斯最后的动机·大师书桌遗稿》，蒙得维的亚，1932；

《〈国家文学与社会科学杂志〉篇目。散佚的诗》（全集第一卷），蒙得维的亚，1945；

《全集》，埃米尔·罗德里格斯·莫内加尔（评注），马德里，1957，1967。

译后记

从翻译社会学的角度说,《爱丽儿》不是委托,是我自己报的选题。大概也因为这样,已经过去了……五年?总之是一再错过罗多逝世 100 周年、原作出版 120 年,直到勉强赶上现在的诞辰 150 周年。我想辩解说这些整年只是一些迷思,但其实,罗多或爱丽儿又怎么会怪我,毕竟百年后的中国"关山迢递不可越"。

我也明白,既然要成为公开读物,就不可能永远单纯(谁说在你电脑里充当个 1MB 的文档就单纯了?!)。乌拉圭大使关心,当地电台越洋电话采访,还有素不相识的朋友听到节目寄书给我,尤其是"拉美思想译丛"慷慨纳入书系,光启书局有序推进出版流程,各种力量都促动着爱丽儿这个空气精灵在中文中显影。

作为一字一句附耳倾听的读者,我心中的爱丽儿是什么样的?坦白说,我有点两手一摊谁也不爱,我愿想象爱丽儿不分性别也无关青春,不用反帝反殖也不必自由虚无，可以理想奋进也可以闲适躺平。如果以一个无影无形的精灵为模范，目标应该在是否与自己相处融洽，那么归根结底，取决于是否与时代社会匹配调和——可是爱丽儿也曾被卡在树缝里……

也许我并不是他最贴心的读者吧。我想，大家读《爱丽儿》的时候，满知道不必去找放之四海而皆准的结论，而是回到 20 世纪元年拉丁美洲的思想环境中，看他如何造成触动，看他如何复归寂寞。罗多是寂寞的，卡洛斯·富恩特斯就曾经称他是拉美文学全家福里被挤到角落的"叔叔"，好在正如加莱亚诺所说，我们都是"时间之子"，是时间的嘴，讲述旅程，也是时间的脚，一程接一程赶路。在路上就好。

于施洋

北京·海淀

2021 年 5 月 30 日

图书在版编目(CIP)数据

爱丽儿/(乌拉圭)何塞·恩里克·罗多著;于施
洋译. —上海:上海人民出版社,2021
ISBN 978-7-208-17058-2

Ⅰ.①爱… Ⅱ.①何… ②于… Ⅲ.①散文-乌拉圭
-近代 Ⅳ.①I782.64

中国版本图书馆 CIP 数据核字(2021)第 067152 号

丛书主编　滕　威　魏　然
策划编辑　薛　羽
责任编辑　张婧易
封面设计　赵　瑾
营销编辑　赵玉强

爱丽儿

[乌拉圭]何塞·恩里克·罗多 著
于施洋 译

出　　版　上海人&大出版社
　　　　　（200001　上海福建中路 193 号）
发　　行　上海人民出版社发行中心
印　　刷　常熟市新骅印刷有限公司
开　　本　890×1240　1/32
印　　张　6.5
插　　页　6
字　　数　108,000
版　　次　2021 年 7 月第 1 版
印　　次　2021 年 7 月第 1 次印刷
ISBN 978-7-208-17058-2/I·1953
定　　价　58.00 元